Bianca™

Emma Darcy

Un trato con el jeque

HARLEQUIN™

Editado por HARLEQUIN IBÉRICA, S.A.
Núñez de Balboa, 56
28001 Madrid

© 2005 Emma Darcy
© 2014 Harlequin Ibérica, S.A.
Un trato con el jeque, n.º 2305 - 23.4.14
Título original: Traded to the Sheikh
Publicada originalmente por Mills & Boon®, Ltd., Londres.
Este título fue publicado originalmente en español en 2006

I.S.B.N.: 978-84-687-4173-4
Depósito legal: M-2166-2014
Editor responsable: Luis Pugni
Fotomecánica: M.T. Color & Diseño, S.L. Las Rozas (Madrid)
Impresión en Black print CPI (Barcelona)
Fecha impresion para Argentina: 20.10.14
Distribuidor exclusivo para España: LOGISTA
Distribuidor para México: CODIPLYRSA
Distribuidores para Argentina: interior, BERTRAN, S.A.C. Vélez
Sársfield, 1950. Cap. Fed./ Buenos Aires y Gran Buenos Aires,
VACCARO SÁNCHEZ y Cía, S.A.

Capítulo 1

EL JEQUE Zageo bin Sultan Al Farrahn no estaba precisamente contento. Un delincuente había saltado la tapia de los jardines de la propiedad familiar, un palacio de descanso construido para su madre en la legendaria isla de Zanzíbar. Por si fuera poco, el delincuente, un patrón de barco y traficante de drogas francés que había atracado ilegalmente en su puerto privado, le estaba ofreciendo una mujer para calentarle la cama a cambio de su libertad.

¿Acaso pensaba ese vulgar desgraciado que estaba hablando con el tipo de hombre que se entrega al sexo indiscriminadamente?

–Ella es especial –alegó el traficante con la actitud zalamera de un experimentado proxeneta–. Una rubia auténtica, con un sedoso pelo largo, ondulado y rubio rojizo, con preciosos y brillantes ojos azules, exuberantes pechos... –sus manos dibujaron la silueta de un reloj de arena en el aire– unas piernas fantásticas y largas y...

–Y también será virgen, ¿no? –se burló Zageo, menospreciando al hombre por pensar que podía ofrecerle su prostituta a cambio de su libertad, por pensar que tal intercambio podía ser una opción aceptable.

–Completamente virgen –respondió de inmediato Jacques Arnault.

Era un mentiroso consumado pues, a pesar de que

era imposible que una mujer que era su compañera de fechorías fuera virgen, ni un pestañeo ni un gesto de su cara revelaba inquietud alguna por la pregunta.

–Y ¿dónde está esa preciosa perla? –preguntó Zageo con voz cansina, apenas disimulando su desprecio por un hombre que era capaz de ofrecer carne para salvar su propia piel.

–En mi yate. Si sus guardias de seguridad me acompañaran al yate, podrían traérsela –dijo mientras lanzaba una mirada nerviosa hacia los guardias que lo habían atrapado.

«¡Para que él se escabulla y escape a toda prisa!», pensó.

–¿En su yate? ¿Me está diciendo que ha navegado desde el Mar Rojo, recorriendo media costa Este de África hasta esta isla, sin caer en la tentación de tocar a esa fabulosa joya de la femineidad? –arremetió Zageo con escepticismo.

–Sería estúpido echar a perder la mercancía –dijo el francés encogiéndose de hombros.

–Y ¿dónde encontró esa mercancía de primera?

–La recogí de uno de esos lugares de vacaciones donde trabajaba con un equipo de buceo. Accedió a ayudarme a tripular el yate a cambio de un viaje gratis a Zanzíbar –y con una mueca de ironía añadió–: Una de esas viajeras vagabundas que podría estar desaparecida indefinidamente.

–Una ingenua por confiarle su vida.

–Las mujeres son ingenuas, sobre todo aquellas con un toque de inocencia.

–¿También me toma a mí por ingenuo? –preguntó Zageo arqueando sus cejas con desafío.

–Estoy siendo completamente sincero con usted, puede quedársela sin ningún problema –aseguró con rapidez y firmeza. Su mirada recorrió rápidamente el lujoso y exótico mobiliario de Versace del enorme patio central, que servía de sala de recepción–. Con todo lo que tiene que ofrecer, dudo que ni siquiera tenga que forzarla... salvo que disfrute usando la fuerza, por supuesto –añadió al pensarlo mejor.

–Está quebrando otra ley, caballero. El comercio de esclavos fue abolido en Zanzíbar hace más de un siglo –respondió airado.

–Pero un hombre con su reputación e influencia... ¿quién va a cuestionar lo que hace o deja de hacer con una mujer a la que nadie conoce? Incluso si ella escapara...

–¡Ya es suficiente! –Zageo hizo una señal a sus guardias de seguridad–. Enciérrenlo bajo llave. Registren su yate y, si hay una mujer a bordo, tráiganla.

–Ya verá. Ella es tal y como le he dicho. Una vez haya quedado satisfecho... –dijo aceleradamente Arnault mientras miraba con inquietud a los dos guardias que le flanqueaban para escoltarlo a alguna otra parte.

–Ah, estaré satisfecho de un modo u otro señor –afirmó suavemente Zageo, haciendo una señal a sus hombres para que procedieran a ejecutar sus órdenes.

Zageo dudaba que existiera la mujer, y más aún una mujer con las características que le había atribuido Jacques Arnault. Sospechaba que el francés se había inventado una fantasía sexual tentadora con la esperanza de que le dejaran volver al yate y, de alguna manera, deshacerse de los hombres que lo escoltaban. Aunque los guardias de seguridad estaban armados, un ataque sorpresa podía hacerle ganar tiempo para escapar.

Sin embargo, si existía una cómplice, debían llevarla para ser entregada a las autoridades competentes. Aunque no estuviera directamente involucrada en el tráfico de drogas, era imposible que no tuviera conocimiento de ello, y podría proporcionar información útil.

Se acomodó en el sillón con forma de trono y alargó su mano sobre el intrincado brazo laminado del sillón para tomar el cóctel de mango que había colocado sobre una mesa tallada con motivos animales. Mientras sorbía lentamente el refresco, la cólera provocada por el intento del francés de usar el sexo como moneda de cambio se volvió en contra de Veronique, quien había rechazado su invitación a acompañarlo en ese viaje.

—Tu cabeza estará en el trabajo, *cheri*, y no será divertido —se había quejado con insistencia.

¿Acaso la relación se medía por la cantidad de diversión? No podía decirse que los tres meses de viaje para supervisar la cadena de lujosos hoteles que había creado en diferentes lugares exóticos de África fueran a ser tres meses de duro y penoso trabajo. ¿Cuánta diversión necesitaba ella para sentirse feliz y satisfecha?

Podía aceptar que para una solicitada modelo francomarroquí los mejores pasatiempos fueran ir de compras y embarcarse en excitantes actividades de ocio. Entendía que tenerla como amante implicaba proporcionarle tales entretenimientos. Lo que no había entendido era que Veronique solo estuviera dispuesta a brindarle su compañía a su antojo, algo intolerable.

La había mimado demasiado. Que el sexo fuera bueno no era suficiente recompensa. No bastaba con que Veronique fuera un espléndido adorno a su lado, siempre magníficamente vestida, en consonancia con su exótica belleza morena. Le parecía sumamente ofensivo el poco respeto que ella mostraba por sus deseos.

Su padre tenía razón. Ya era hora de acabar con su fascinación por mujeres de culturas diferentes y de encontrar alguna de su misma procedencia para casarse. Tenía treinta y cinco años y debía ir pensando en sentar la cabeza y formar una familia. Terminaría su relación con Veronique y empezaría a considerar candidatas más adecuadas para un compromiso de por vida, mujeres cultas y educadas de otras familias poderosas de Dubai, cuyo origen garantizara que la mujer con quien se casara compartiría una vida con él, no solo un lecho y el dinero.

Ninguna de esas candidatas tendría el pelo rubio rojizo, ojos azules y piel clara, pero tampoco eran características imprescindibles para casarse, ni siquiera para despertar su interés. En esos momentos, la idea de negociar con el sexo le resultaba detestable, pero deseaba tener la oportunidad de hacérselo entender a la mujer que supuestamente estaba en el yate. Esperaba que existiera, que sus hombres la encontraran a bordo del yate anclado en el puerto privado del palacio, y que realmente estuviera a la altura de la descripción dada por el francés. Le satisfaría enormemente poder demostrar que los atributos físicos de la chica, por muy atractivos que fueran, no significaban nada para él. ¡Absolutamente nada!

–¡Saldré de esta! ¡Sí, señor! –se repetía Emily Ross mientras forcejeaba a través del manglar. Estos murmullos de tremenda determinación se intercalaban con arranques de desaprobación–. ¡Qué ingenua he sido! Una ingenua idiota por dejarme engañar por Jacques. Tenía que haber pagado el billete de avión para llegar aquí sin problemas de tiempo, sana y salva...

Hablando, apartaba de su mente el temor de haber

cometido otro error, esa vez poniendo su vida en peligro. Sin embargo, la lógica le había dicho que no podía confiar en que el francés cumpliera con su palabra. La única manera de quedarse en Zanzíbar y llegar a Stone Town para encontrarse con Hannah era saltar del barco mientras Jacques estaba por ahí con su bote, traficando con drogas.

Así que, en fin... había nadado del yate a la orilla tirando de una bolsa impermeable con lo imprescindible, no la había atacado ningún tiburón, y las conchas, corales o rocas afiladas no habían destrozado sus pies. Ahora solo tenía que encontrar la salida de este manglar que parecía cubrir toda la península a la que había llegado a nado.

—No va a poder conmigo. Saldré de esta.

Y eso hizo. Por fin consiguió salir del manglar, y pisar un montículo de tierra firme, que resultó ser un terraplén sobre un pequeño río. ¡Más agua! Pero al otro lado ya no había más manglares y había signos evidentes de civilización... lo que parecía el cuidado jardín de una gran propiedad. Lo peor, había pasado.

Las piernas de Emily temblaban de puro agotamiento. Ahora que el miedo a ser engullida por el fango quedaba atrás y que tenía a la vista un recorrido bastante más fácil, tenía ganas de derrumbarse en la orilla y llorar de alivio por haber llegado tan lejos. Sin embargo, sabía que tenía que controlarse pues, aunque había salido de aquel manglar, aún estaba lejos de su destino final.

Se sentó un momento junto a la orilla y respiró profundamente para aliviar el enorme estrés mental, físico y emocional derivado de su decisión de abandonar la relativa seguridad del yate de Jacques Arnault y de escapar de cualquier otro plan enrevesado que pudiera tener.

Libre... Libre de él. Libre del manglar. Libre para ir a donde quisiera cuando quisiera.

La idea fue ganando fuerza hasta derivar en un brote de euforia por ese logro personal, lo cual la ayudó a relajarse lo suficiente como para continuar evaluando su situación actual. Al otro lado del río, había un alto muro de piedra que desaparecía en la distancia, alentando la esperanza de que quizás llevara a una carretera estatal.

–Al menos me ocultará hasta que esté lejos de Jacques y sus sucios negocios –murmuró mientras intentaba reunir fuerzas para continuar.

Se levantó y caminó con dificultad a lo largo de la orilla del río hasta llegar a la altura del muro de piedra. Mientras caminaba, Emily trataba de planear sus próximos pasos. Una vez cruzado el río, podría lavarse y ponerse presentable con una camiseta y una falda que había metido en la bolsa impermeable. Un bikini a esas horas de la noche no sería apropiado para encontrarse con lugareños y, tarde o temprano, tendría que hacer frente a alguien para preguntar el camino a Stone Town.

Con el agua a la cintura, Emily trataba de concentrarse en dónde pisaba cuando oyó una voz imponente:

–¡*Arretez!*

El verbo «parar» en francés, desde luego, la detuvo. Casi dio un traspié del susto.

Su corazón empezó a latir con fuerza cuando, al elevar su mirada, se fijó en dos hombres apuntando sus amenazadores rifles hacia ella. Llevaban sendas camisas y pantalones blancos con cinturones con funda de pistola negros, lo que les hacía parecer más bien oficiales de policía que narcotraficantes. Pero Emily no estaba segura de si eso era bueno o malo. Si habían atrapado a Jacques y la relacionaban a ella con sus actividades delictivas, tal y como sugería el que le hablaran en francés, podía acabar en la cárcel.

Uno de los hombres se llevó un pequeño teléfono móvil a la oreja y habló rápidamente en un idioma que sonaba a árabe. El otro le indicó a Emily que continuara avanzando hacia el otro lado de la orilla. Tener un rifle apuntándola no alentaba a desobedecer. No le quedaba más que esperar que esta gente fuera representante del orden en la isla y que la ley fuera razonable y la escuchara.

Una enorme higuera a su izquierda les había proporcionado un eficaz escondite desde el que observarla saliendo del manglar. Emily se preguntaba si habría más patrullas buscándola. Desde luego, esos hombres estaban informando a alguien sobre su aparición. Mientras ella trepaba por la orilla del río, uno de los hombres se acercó y le arrancó la bolsa impermeable de las manos.

—¡Espera! ¡Mi vida está ahí dentro! —gritó Emily aterrorizada.

Sería espantoso perder su pasaporte, su dinero y la ropa. Pensando que quizás los hombres creían que la bolsa contenía algo de contrabando, trató de convencerles de que examinaran el contenido.

—¡Compruébenlo ustedes mismos! —dijo mostrando las palmas de sus manos en un gesto de inocencia—. Son objetos personales.

No hubo respuesta. Los hombres ignoraron totalmente su intento de comunicarse con ellos tanto en inglés como en su limitado y rudimentario francés. La agarraron por los codos y la llevaron en volandas a través de una amplia extensión de césped recién cortado hasta un camino que llevaba un enorme edificio blanco de tres plantas.

«Al menos no parece una cárcel», pensó Emily, tratando desesperadamente de calmar su repentino miedo. Las terrazas de estilo colonial en cada piso, con sus columnas y elaboradas balaustradas de hierro forjado, le daban al edificio un aspecto oficial.

Quizás fuera un palacio de justicia. Pero, ¿por qué iba a realizar Jacques sus negocios ante las narices de los agentes de la ley? ¿Sería una agencia gubernamental corrupta?

Estos pensamientos le crispaban aún más los nervios. Era una mujer extranjera sola y escasamente vestida, y su única arma de protección era el pasaporte que le habían arrebatado. Tuvo que poner mucho empeño para no dejarse invadir por el pánico mientras era escoltada por las escaleras a la terraza frontal, donde se encontró frente a unas imponentes puertas de entrada.

Eran unas puertas negras de cuatro metros de altura, con hileras de grandes tachones de metal puntiagudos y un marco cincelado. Definitivamente, el tipo de puertas que disuaden a cualquiera de colarse en una fiesta. Mientras se abrían lentamente, Emily pensó que se metería en menos problemas si mantenía la cabeza y la mirada gachas.

Lo primero que vio en el vestíbulo fue una espléndida alfombra persa extendida sobre un suelo de madera oscura. Al avanzar sobre la alfombra vio por el rabillo del ojo espléndidas urnas dignas de un museo de arte, lo que sugería que podría tratarse de un lugar seguro.

Un brote de esperanza la impulsó a levantar la mirada para ver dónde se encontraba. Se quedó atónita ante el escenario de película que tenía delante. La llevaban hacia un enorme patio central lujosa y exóticamente decorado.

Este espacio, a un nivel dos escalones más bajo que el nivel del piso, estaba rodeado por un pasillo que conducía al resto de las habitaciones. Los balcones que rodeaban el segundo y tercer piso también daban al patio. El techo era una cúpula de la que colgaban fabulosas arañas de cristal de cristales multicolores.

A pesar de lo extraordinario que era todo, los ojos de Emily se fijaron casi de inmediato en el hombre que era foco de atención de todo aquel fabuloso lujo. Se levantó de un sillón con forma de trono tapizado en rojo y dorado con cierta majestuosidad. Su vestimenta, una túnica blanca con un sobretodo sin mangas morado ribeteado en dorado, parecía propia de la cultura árabe, pero él no parecía árabe, sino más bien un aristócrata español. Sin duda Emily estaba frente al hombre más imponente y hermoso que había visto nunca.

Hermoso... una extraña palabra para describir a un hombre, pero guapo se quedaba corto. Una espesa melena de pelo negro y liso caía descuidadamente hacia atrás hasta por debajo de sus orejas, sin llegar a los hombros, resaltando su cara. Sus facciones estaban perfectamente proporcionadas, como si las hubiera creado un gran escultor. Sus cejas, perfectamente arqueadas, acentuaban sus cautivadores ojos oscuros. Su nariz griega, que se ensanchaba al final, sugería un temperamento apasionado. Y su boca, con un labio superior más bien fino y perfectamente delineado y un labio inferior más bien voluptuoso, resultaba sensual.

Era un hombre fascinante y cautivador, tenía una arrogante masculinidad innata que producía en ella una cierta inquietud que alteraba aún más su presión sanguínea. Era guapo, pero también muy extraño y, sin duda, estaba evaluando sus atributos femeninos al tiempo que se acercaba a ella, al parecer para un examen más detallado.

Al estar él un escalón más bajo, Emily sentía como si hubiera retrocedido en el tiempo a los días en que Zanzíbar era el mayor centro del mundo de trata de esclavos, y fuera una cautiva expuesta sobre una plataforma para ser evaluada por los potenciales compradores.

Él levantó una mano para, aparentemente, quitarse un mechón de pelo de la frente mientras se dirigía en árabe a uno de los guardias que la sujetaban. De repente, un movimiento brusco arrancó el pañuelo que tenía atado alrededor de su cabeza desprendiendo las pinzas que sujetaban su pelo enrollado sobre la coronilla. La masa de pelo suelto cayó sobre sus hombros y por su espalda.

–¡Eh! –gritó Emily en protesta, alarmada al imaginar que podría ser despojada de su bikini también. De repente se sintió extremadamente vulnerable y aterrorizada ante lo que podría ser la próxima orden.

El árabe-español, con un destello de cinismo en sus ojos y una mueca irónica en sus labios, empezó a hablar en un fluido francés. En sus viajes, Emily había podido adquirir nociones superficiales de unos cuantos idiomas, pero no fue capaz de entender ese torrente de palabras extrañas, ni se preocupó por la expresión que las acompañaba.

–Mire, yo no soy francesa, ¿de acuerdo? ¿No habla usted inglés? –imploró.

–Así que... –Zageo elevó una ceja desafiante– ¿es usted inglesa?

–Bueno, no, en realidad soy australiana. Me llamo Emily Ross –y con un movimiento de cabeza señaló la bolsa en manos de sus captores–, mi pasaporte demostrará...

–Eso no me concierne a mí, *mademoiselle* – le cortó secamente.

Emily suspiró profundamente para serenarse y enfrentarse a la situación.

–Entonces, puedo preguntarle qué es lo que le concierne, *monsieur*.

Curiosamente, él hizo un gesto de indiferencia que sugería más bien poco interés.

–Jacques Arnault hizo una descripción asombrosamente precisa de usted, lo cual despertó mi curiosidad por ver si había sido más sincero de lo que pensaba –dijo con voz cansina, un tono irónico y una mirada decididamente jocosa.

–¿Qué dijo? –preguntó Emily apretando los dientes ante la ristra de mentiras que esperaba oír.

–Que es usted virgen.

¡Virgen! Emily cerró sus ojos ante las espantosas implicaciones tras la promesa sobre su virginidad. Solo podía significar una cosa: Jacques Arnault, el estafador que la había engañado para tripular el yate, el furtivo narcotraficante sin conciencia y capaz de hacer cualquier cosa que sirviera a sus intereses, obviamente había hecho un trato para salvar su pellejo, ¡la había vendido como esclava sexual!

–¡No! –exclamó casi escupiendo las palabras de indignación y mirando con rabia al presunto comprador–. ¡Por supuesto que no!

–No me lo creí –dijo él encogiendo los hombros con un gesto desdeñoso y en un frío tono de voz que contrastaba con el ardor de Emily–. Teniendo en cuenta que, según parece, es usted una bailarina profesional de la danza del vientre, estoy seguro de que ha tenido muchos clientes.

–¿Una bailarina profesional de la danza del vientre? –la voz de Emily se elevó de pura incredulidad ante esta nueva afirmación sin fundamento.

Él la miró con impaciencia.

–Su vestuario fue encontrado en el yate de Arnault, junto al equipaje que abandonó en su intento por escapar para evitar cualquier asociación con las actividades criminales del francés y evitar ser capturada.

¡Captura! Así que Jacques había sido detenido in fraganti, y el posterior registro de su yate había hecho pensar a aquel hombre que, intuyendo que el juego se había terminado, ella se había lanzado al agua para escapar del embrollo.

–Yo no huía de ninguna captura, *monsieur*. Huía de mi cautividad en ese yate desde que partió del Mar Rojo.

–¿Jacques Arnault la estaba reteniendo contra de su voluntad?

–Sí. Y el vestuario para la danza del vientre que han encontrado no me pertenece, se lo aseguro –afirmó ofendida por el cliché de prostituta profesional.

El acaloramiento de su voz se fue extendiendo por todo el cuerpo a medida que él observaba con fingido detalle cada curva de su femineidad: la voluptuosidad de sus pechos, la pequeñez de su cintura, la ancha curvatura de sus caderas, la suave línea de sus muslos, pantorrillas, tobillos...

–Su físico sugiere lo contrario, señorita Ross –comentó él.

Emily, indignada, tras liberar sus brazos de los guardias que la flanqueaban, los cruzó a modo de escudo protector delante de su pecho. Elevó su barbilla con orgullo al declarar:

–Soy una instructora de buceo profesional. Hay un certificado que lo demuestra entre los papeles de la bolsa que sus hombres me quitaron.

Su inquisidor sonrió, dejando ver unos dientes relucientemente blancos, pero algo en esa sonrisa le decía a Emily que ese hombre estaba deleitándose con la perspectiva de despedazarla en sabrosos bocados y masticarlos.

–Según mi experiencia, la gente puede ser muchas cosas a la vez –observó con burlona tranquilidad.

–Sí, bueno, en eso no se equivoca –dijo ella con brusquedad–. Jacques Arnault es un ejemplo perfecto. Y creo que ya es hora de que me diga quién es usted y qué derecho tiene para retenerme de este modo.

Emily echaba humo por la imperiosa necesidad de desafiarlo después de haberla puesto en aquel aprieto. La idea de bajar la cabeza se había esfumado hacía ya un rato. Ahora mantenía su mirada fija en la de él, negándose a ceder en sus reivindicaciones.

–Usted fue sorprendida entrando ilegalmente en una propiedad privada que pertenece a mi familia y, además, está ligada a un hombre envuelto en actividades delictivas en la misma propiedad –apuntó él, como si la petición de Emily fuera completamente insostenible, una pérdida total de tiempo y aliento.

–No tiene pruebas de que yo estuviera envuelta en actividades delictivas –se defendió Emily con rapidez.

Él puso los ojos en blanco.

–Le juro que no estaba metida en ninguna actividad criminal –insistió ella–. De hecho, la vestimenta que encontraron probablemente pertenezca a la mujer que se hizo pasar por la esposa de Jacques Arnault cuando me engañaron para que me convirtiera en el único miembro de la tripulación del yate.

–¿Engañada, señorita Ross?

–Tenía que llegar a Zanzíbar. Jacques me dijo que se dirigía a Madagascar y que, de paso, podía dejarme aquí si le ayudaba...

–¿Con sus negocios de drogas?

–No, si ayudaba a tripular el yate –gritó con exasperación–. No supe nada del asunto de las drogas hasta que desperté a bordo en alta mar, después de haber sido drogada sin mi conocimiento.

–Así que... –hizo una pausa mientras se acariciaba pensativo la barbilla con una mano, como si estuviera evaluando esa otra versión de los hechos. Sin embargo, cierto brillo en sus ojos hizo estremecerse a Emily. Finalmente concluyó–: Usted sostiene que es una víctima inocente.

–Es que soy una víctima inocente –saltó Emily–. El acuerdo consistía en que yo haría compañía a su mujer al tiempo que sería miembro de la tripulación durante el viaje.

Él arqueó una ceja a modo de burla:

–Y, ¿dónde está la esposa?

Emily lanzó un suspiro de preocupación. Probablemente su historia no parecía muy creíble, pero era la verdad. No tenía ninguna otra información que ofrecer.

–No sé. Había desaparecido cuando me desperté la mañana después de haber embarcado.

–Desaparecido –repitió él, como recalcando lo conveniente que era eso–. ¿Sin llevarse su vestuario de bailarina con ella? –añadió con mordacidad.

Emily trataba desesperadamente de encontrar una razón creíble.

–Quizás tuvo que abandonarlo para escapar de Jacques. Yo misma dejé un montón de cosas en el yate...

–En su intento de escapar.

–Sí.

–¿Escapar de qué, señorita Ross? –preguntó suavemente–. Debe admitir que Arnault ha cumplido con su parte del trato trayéndola a Zanzíbar, tal y como acordaron.

–Pero no al puerto de Stone Town, *monsieur*.

–Este puerto de uso privado está de camino, de modo que Arnault iba rumbo a Stone Town.

–No me fiaba de que fuera a llevarme allí. Después de terminar con sus negocios aquí, pensé que tal vez decidiera continuar hacia Madagascar manteniéndome en su tripulación.

–De modo que usted decidió atravesar una tremenda distancia a nado en aguas desconocidas y enfrentarse a un manglar en medio de la oscuridad. Parece el acto de una persona desesperada, señorita Ross.

–De una persona decidida –le corrigió ella, aunque estaba empezando a sentirse profundamente desesperada ante aquel extenso interrogatorio.

–El tipo de persona desesperada que haría cualquier cosa por evitar la cárcel –continuó Zageo con su lógica despiadada–. Una persona culpable...

–¡Yo no he hecho nada malo! –gritó Emily viniéndose abajo por la presión que suponía tal desconfianza en su versión de los hechos–. Prometí a mi hermana que estaría en Stone Town y no estaba segura de que Jacques me fuera a llevar allí.

–Su hermana. Y ¿quién es su hermana?

–¿Quién es usted? –intervino ella, frustrada por el incesante interrogatorio e impulsada a atacar a su oponente–. Mi hermana y yo tenemos un importante asunto privado que resolver, y no voy a contarle a un completo extraño de qué se trata.

Su postura insolente le mereció una mirada de Zageo que revelaba que, en su opinión, estaba siendo totalmente ridícula, pero a Emily no le importaba. Ella también quería respuestas.

–Está usted dirigiéndose al jeque Zageo bin Sultan Al Farrahn –declaró arrogantemente.

¡Un jeque! ¿O acaso era un sultán? Había mencionado ambos títulos y cualquiera de ellos concordaba con aquel asombroso lugar. Pero, ¿tenía jurisdicción allí?

–Pensaba que el sultanato se había terminado hacía tiempo en Zanzíbar y que ahora la isla dependía del gobierno de Tanzania –le lanzó Emily.

–Aún formando parte de Tanzania, Zanzíbar mantiene un gobierno autónomo –le corrigió con aspereza–. Y yo infundo bastante respeto y tengo gran influencia aquí. En lugar de enfrentarse a mí, señorita Ross, haría bien en ganarse mi favor en sus circunstancias.

–Y ¿qué conlleva ganarse su favor?

Un ardiente desprecio resplandecía en sus ojos. Sus nervios estaban tan tensos, que parecían un muelle comprimido a punto de saltar. Si él se atrevía a sugerir un favor sexual... si se atrevía incluso a volver a bajar su mirada para inspeccionar sus curvas... Emily sabía que perdería los nervios y empezaría a pelear como un gato salvaje.

Afortunadamente no estaba tratando con un hombre estúpido.

–Quizás necesite usted un tiempo para reflexionar sobre su situación, señorita Ross –dijo él, razonando–. Tiempo para entender lo importante que puede ser proporcionar la información adecuada para que puedan ayudarla a usted.

Emily pasó de su posición de ataque a empezar a plantearse si no había adoptado una postura contraproducente a lo largo del interrogatorio.

Su interlocutor, abriendo sus brazos con las palmas de las manos extendidas, añadió:

–Continuemos esta conversación cuando se encuentre más relajada. Un baño caliente, ropa limpia, algunos refrescos...

Ella casi flaqueó ante tal pensamiento.

—Mis hombres la acompañarán hasta la sección de las mujeres.

En esos instantes, a Emily no le preocupaba si la sección de las mujeres era un harén repleto de esposas y concubinas. Sería bueno estar entre mujeres de nuevo y sumergirse en un baño de agua caliente y lavarse, y un gran alivio vestirse con ropa que le hiciera sentir más protegida de la mirada masculina del jeque Zageo bin Sultan Al Farrahn.

Capítulo 2

ZAGEO echó un vistazo al contenido de la bolsa impermeable, que había sido vaciado y clasificado para su examen sobre una mesa auxiliar en su sala de estar privada. Tomó el pasaporte en su mano. Era un documento auténtico, Emily era una ciudadana australiana nacida en Cairns. Según la fecha de nacimiento, tenía veintiocho años.

–¿Ha buscado este lugar... Cairns? –preguntó a su asistente de confianza, Abdul Haji.

–Es una ciudad de la costa este del Norte de Queensland, que es el segundo estado más grande de Australia –le informó Abdul, demostrando de nuevo su eficiencia–. El certificado de instructora de buceo de la señorita Ross –continuó señalando con un ademán el fajo de papeles sobre la mesa– está acompañado por varios informes de personas que aparentemente la han contratado para atender a turistas en la Gran Barrera de Coral. De momento no se pueden verificar debido a la diferencia horaria, pero en unas horas...

Zageo echó un vistazo a los papeles. El certificado era de hacía seis años, de modo que Emily llevaba ejerciendo su profesión desde que tenía veintidós años.

–El lugar de vacaciones en el Mar Rojo donde se supone que Arnault recogió a esta mujer...

–Es famoso por sus actividades de buceo por sus

magníficos arrecifes de coral –le informó Abdul al instante–. Sin embargo, también contratan a bailarinas de la danza del vientre para los espectáculos nocturnos.

Zageo le lanzó una sonrisa irónica.

–Pronto veremos si esa imagen se corresponde con la realidad –y señalando el montón de ropa observó–: Esto parece solo un juego de ropa de supervivencia.

–Uno puede reemplazar fácilmente la ropa perdida comprándola bastante barata en los mercadillos.

Zageo tomó un pequeño fajo de dólares americanos y los hojeó para comprobar su valor.

–No hay mucho dinero en metálico aquí.

–Cierto. Sin duda, la señorita Ross contaba con poder utilizar su tarjeta de crédito.

La cual también estaba sobre la mesa, una tarjeta Visa, aceptada en la mayoría de hoteles. Sin embargo, las transacciones y movimientos de una tarjeta de crédito podían seguirse, lo cual no concordaba con actividades delictivas.

–Debería de haber más dinero en metálico si estuviera implicada en tráfico de drogas –observó Zageo.

Abdul se encogió de hombros:

–No tenemos ninguna evidencia de su complicidad. Me inclino a creer que hizo un trato con Arnault, un pasaje a donde quisiera ir a cambio de ayudar a tripular su yate...

–Y compartir su litera.

La cínica conclusión hizo fruncir el entrecejo a Abdul, que sopesó otros factores.

–Curiosamente, la inspección del yate de Arnault indicaba camarotes separados.

–Quizás el hombre ronque.

–No parece haber amor entre ellos –señaló Abdul–. Arnault parece deseoso de intercambiar a la señorita Ross por su libertad y...

–Ella salta por la borda antes de ser pillada con él. Como dice, no hay amor entre ellos, pero ambos pueden haber usado el sexo como moneda de cambio.

–Entonces, ¿porqué no ha usado la señorita Ross su evidente atractivo sexual para ganarse el favor de Su Excelencia?

Buena pregunta. Debía haberlo hecho. Era a lo que estaba acostumbrado Zageo con las mujeres que había conocido en la sociedad occidental. Que precisamente Emily Ross fuera la excepción no tenía ningún sentido. Era totalmente absurdo que se enfureciera tanto cuando él prestó atención a sus atributos femeninos y que tratara de bloquear con sus brazos la visión de sus curvas perfectamente proporcionadas. Las mujeres que querían ganarse su interés normalmente hacían alarde de todos los encantos que tenían. Era la moneda más antigua del mundo para conseguir lo querían. Así que ¿por qué Emily Ross no lo hacía?

Ella misma había reconocido que no era virgen. Tampoco era excesivamente joven como para no sabérselas todas en lo que a las relaciones entre hombre y mujer se refería.

Había muchas cosas de esa mujer que no tenían sentido ni lógica. La manera en la que le había hablado atreviéndose, de hecho, a desafiarlo, rozaba la falta de respeto. Sin embargo, lo que había dicho revelaba rapidez y agudeza mental. Aquellos asombrosos ojos azul intenso podrían haber flirteado con él, pero no, aquellos ojos habían ardido con su propia personalidad desafiante, que le negaba cualquier control sobre ella y mostraban desprecio por su autoridad.

–Esa mujer necesita que la pongan en su sitio

–murmuró Zageo, determinado a hacerlo antes de que terminara la noche.

Abdul frunció de nuevo el ceño y empezó a acariciarse la barba, un claro signo de incertidumbre.

–Si es australiana...

–¿Sí? –le incitó con impaciencia Zageo.

–Quizás por provenir de un país que está apartado de cualquier otro lugar... creo que los australianos son particularmente independientes en cómo piensan y cómo actúan. No vienen de una sociedad autoritaria y piensan que tienen derecho a cuestionar lo que sea. De hecho, aquellos que han sido empleados nuestros en Dubai han dicho sin ningún rodeo que obtendremos mejores resultados si les dejamos trabajar a su modo.

Zageo descartó la idea con un movimiento de la mano.

–Está hablando de hombres que han alcanzado cierta eminencia en su campo.

–Sí, pero pienso que quizás sea una actitud general de los hombres y mujeres australianos.

–¿Me está sugiriendo que puede que esta mujer no esté acostumbrada a reconocer ninguna autoridad?

–Digo que puede que la señorita Ross no esté dispuesta a someterse a su voluntad. Es simplemente algo a considerar –explicó Abdul con un gesto de disculpa para suavizar cualquier ofensa.

–Gracias, Abdul. Seguiré reflexionando sobre el problema de la señorita Ross. Sin embargo, hasta que pueda verificar los informes de sus anteriores empleadores, seguiremos mi plan. Por favor, asegúrese de que se siguen mis instrucciones.

Abdul hizo una reverencia al salir, mostrando que él sí entendía la autoridad.

Para Zageo era absolutamente intolerable que

Emily no se sometiera a su voluntad. Después de todo esa mujer era culpable de allanamiento, de modo que no era razonable desafiar todo aquello en lo que él creía. ¡Él haría que diera su brazo a torcer!

El bikini de Emily fue retirado mientras se relajaba en una lujosa bañera de hidromasaje, disfrutando del chorro de agua caliente sobre sus cansados y entumecidos músculos y del aroma a lavanda y sándalo que emanaba de las burbujas. Le ofrecieron una bata de seda para cubrirse durante la sesión de mimos que siguió: manicura y pedicura mientras le lavaban y secaban el pelo. «Un servicio cinco estrellas en la sección de mujeres» pensó Emily, hasta que llegó la hora de deshacerse de la bata y vestirse para su próximo encuentro con el jeque.

Fue acomodada en un suntuoso dormitorio donde solo había un conjunto de ropa, que no provenía de su bolsa impermeable. Tampoco provenía de la maleta que había decidido dejar atrás en el yate. No le pertenecía, pero Emily se dio cuenta al instante de lo que significaba. El jeque Zageo bin Sultan Al Farrahn quería comprobar qué tal encajaba en el papel de profesional de la danza del vientre. Sin duda, ese era uno de los vestidos que insinuaron era suyo.

La falda parecía estar confeccionada con pañuelos de gasa que recorrían la gama de colores desde el violeta intenso hasta el turquesa, pasando por diferentes tonos de azul. Las diferentes capas estaban sujetas en la cadera a una banda ancha con incrustaciones de lentejuelas azules, doradas y plateadas y con medallones dorados que colgaban del borde. Unas medias de cintura baja y color violeta acompañaban a la falda. Las copas y tirantes del sujetador turquesa del conjunto también estaban exóticamente decorados con lentejuelas y abalorios.

Era un vestido de profesional muy elaborado y, claramente, nada barato.

Emily sintió una punzada de preocupación por la mujer a quien pertenecía el traje. ¿Qué le había pasado? ¿Qué historia escondían esos trajes tan particulares almacenados en el yate?

—No puedo ponerme eso —protestó a Heba, la mayor de las mujeres que la habían estado atendiendo—. No es mío —insistió.

—Me han dicho que es para usted —fue la respuesta indiscutible—. Su Excelencia, el jeque, ha ordenado que se lo ponga. No hay elección.

Emily rechinó sus dientes. Claramente, las palabras de Su Excelencia eran órdenes en esa casa. Le había dejado tiempo para asearse y sentirse más cómoda, pero tal consentimiento era probablemente una forma premeditada de ablandarla, y Emily sospechaba el motivo. ¿Aún estaba considerando un favor sexual? ¿La habían preparado simplemente para la cama del jeque? ¡Había sido tan fácil aceptar todas aquellas atenciones, pero ahora llegaba la hora de la verdad!

Tenía dos opciones: atrincherarse y quedarse desnuda bajo aquella fina y reveladora bata de seda, lo cual no era una buena opción, o ponerse aquel atuendo, lo cual era, probablemente, menos sexualmente provocativo y, desde luego, haría que su cuerpo fuera menos accesible.

Puesto que no podía evitar enfrentarse de nuevo al jeque esa noche, ya que él haría que la llevaran a la fuerza si trataba de desobedecer sus órdenes, no había alternativa. Heba tenía razón. Tenía que ponerse aquel atuendo.

A regañadientes, Emily aceptó lo inevitable pensando que, con suerte, esa vestimenta tan evidentemente sexy no le sentaría bien y que eso demostraría que había dicho la verdad.

Naturalmente, las medias de lycra no demostraron nada, al estirarse para ajustarse a su trasero. No importaba. Para su desgracia, la falda se ajustaba bien a la curva de sus caderas, ni demasiado suelta ni demasiado ajustada. Dirigió una mirada maléfica al sujetador mientras se quitaba la bata de seda. Parecía tener la talla correcta, pero con suerte no abrocharía fácilmente a la espalda.

Para frustración suya, los tirantes se ajustaban perfectamente a sus hombros, los corchetes abrochaban sin problemas, y las copas con alambre, diseñadas para elevar pechos y marcar escote, la hacían parecer tan sensual que era verdaderamente embarazoso. De acuerdo, sus pechos no eran pequeños, pero tampoco eran tan prominentes.

En realidad aquel atuendo la hacía sentirse más avergonzada de su cuerpo que el bikini manchado de lodo que habían retirado nada más meterse en la bañera de hidromasaje. El bikini era algo mucho más natural para ella. No era ni exótico ni erótico ni estaba hecho para excitar la mente de un hombre. Era simplemente una prenda corriente para nadar.

Sin embargo, sería inútil pedir que se lo devolvieran. Heba tenía unas órdenes, y desobedecer al jeque era claramente impensable.

Emily se dijo a sí misma que, si bien se sentía atrapada en una escena de *Las mil y una noches*, no podía ser verdad, al menos no en el mundo de hoy en día. Incluso Heba estaba usando en esos momentos un moderno y diminuto teléfono móvil, sin duda informando sobre el estado de las cosas.

El hacerle llevar ese traje debía de ser una técnica de presión, con la intención de hacer que se sintiera más expuesta, indefensa y vulnerable durante su próxima entrevista. No podía tener nada que ver con un favor sexual.

Dos guardias de seguridad y un hombre con barba, al que claramente consideraban su superior, llegaron para escoltarla a otra parte. La sección de mujeres estaba en la segunda planta. Emily esperaba que la llevaran al opulento patio central de la planta baja, pero fue llevada ante una puerta en la primera planta. Aquello provocó aprensión en ella. Por lo menos el enorme patio abierto era un espacio público a la vista de cualquiera, tanto desde la planta baja como desde los otros pisos. Esperaba desesperadamente que hubiera algún tipo de oficina pública detrás de esa puerta.

No la había.

Entró en compañía del hombre de barba en lo que, sin duda, era una sala de estar privada ricamente amueblada. Los numerosos cojines alrededor de una mesa circular baja, sobre la que había un tentador despliegue de comida y bebidas, le daban un toque sensual y seductor. Solo había un ocupante en la sala, e inmediatamente despidió al acompañante de Emily.

—Gracias, Abdul.

El hombre de la barba retrocedió y cerró la puerta, dejando a Emily totalmente sola con el jeque que, aparentemente, pensaba que la única ley que debía ser respetada era la suya.

Él se adelantó con el propósito de obtener una clara y completa visión de ella vestida con el traje que él había elegido. Emily apretó los dientes y se quedó tan quieta como una estatua, decidida a no revelar su temblor interior. Al mantener su cabeza erguida, esperaba dar una impresión de menosprecio hacia cualquier interpretación que él pudiera hacer sobre lo bien que le quedaban la falda y el sujetador.

Él se puso tras ella. Su espina dorsal se erizó al notar lo cerca que estaba. Se quedó quieto. Su silencio alteraba su pulso, haciendo que sus sienes latieran con ansiedad. ¿Qué estaba haciendo? ¿Qué estaba pensando? ¿Se lo estaba imaginando o había tocado su pelo, deslizando sus dedos suavemente para apartar un mechón del resto?

–Debe cotizarse a un precio muy alto... como bailarina.

Comentó Zageo hablando lentamente.

Emily intentó tragar saliva para humedecer un poco su boca reseca. Quedarse quieta estaba descartado. Al darse la vuelta avistó un mechón de su pelo resbalando entre los dedos de una mano a la altura de su boca o nariz. La idea de que él se hubiera tomado la libertad de saborearlo u olerlo hacía estragos en la mente de Emily.

–Está usted cometiendo un grave error conmigo –gritó, intentando defenderse.

–Pretendía ser un cumplido, señorita Ross –contestó él con una expresión de sensual placer en sus labios–. No hay razón para enfadarse.

No tenía ningún derecho a tocarla sin su permiso. Emily quería decírselo, pero tenía la sensación de que simplemente se reiría de ella. En esos momentos, él tenía el poder de hacer lo que quisiera con ella. Lo único que podía hacer ella era tratar de cambiar su opinión de quién y qué era ella.

–Sonó como si pensara que soy una... una prostituta –protestó.

Él sonrió con ironía.

–Más bien creo que puede elegir a un amante...

Emily no estaba segura de que le gustara cómo había sonado aquello tampoco. Tenía la extraña sensación de que él estaba intentando que lo eligiera a él como próximo amante. ¿O estaba poniéndola a prueba... poniéndole una trampa?

–Venga –le indicó uno de los cojines junto a la mesa–. Debe de estar hambrienta después de los rigores de su huida de Jacques Arnault.

Su estómago estaba realmente vacío, tan vacío que no paraba de sentir fuertes convulsiones nerviosas.

–¿Quiere eso decir que cree que estaba huyendo de él y que no estaba implicada en el negocio de las drogas? –preguntó ella, sin atreverse aún a dar ningún paso en ninguna dirección.

Él extendió la mano en un gesto de cortesía.

–Hasta el momento en que eso se aclare, preferiría que se considerara más mi invitada que mi prisionera.

–¿Quiere decir que realmente está comprobando mis datos? –preguntó Emily.

–La diferencia horaria impide el proceso por el momento, pero le aseguro que no daré nada por sentado. Mientras tanto...

–Estoy hambrienta –admitió, pensando que se sentiría más segura sentada y con la boca llena, si es que podía hacer que su estómago cooperara.

Él le cedió el paso con su mano extendida.

–Por favor... siéntese cómodamente, relájese y sírvase lo que quiera.

De ningún modo podría relajarse en compañía de ese hombre, pero una mesa de por medio parecía un buen obstáculo.

–Gracias –dijo ella, forzando a sus pies a caminar despacio para ver dónde se iba a sentar él y, así, acomodarse lo más lejos posible.

Al parecer, él quería sentarse frente a frente, de modo que Emily no tuvo que hacer ninguna maniobra para colocarse enfrente de él. Sin embargo, aún había una incómoda sensación de intimidad por el simple hecho de estar sentados a la misma mesa. Los cojines estaban unidos unos a otros en círculo alrededor de la mesa, así que no había una verdadera sensación de separación.

–¿Qué le gustaría beber? –preguntó él como si realmente ella fuera su invitada–. Hay jugo de mango, piña, hibisco, leche de coco...

–¿Jugo de hibisco?

Ella había oído hablar de la flor, pero no sabía que se pudiera hacer una bebida con ella.

–Es dulce, ligero y refrescante –explicó al tiempo que alargaba la mano para alcanzar la jarra de cerámica pintada a mano con un hibisco rojo–. ¿Quiere probarlo?

–No, gracias. Siempre me ha encantado el mango –un fruto con el que estaba muy familiarizada, puesto que era un árbol frutal muy abundante en su ciudad natal de Cairns.

Los oscuros ojos de Zageo se movieron con fingida diversión por su suspicaz rechazo de la jarra de hibisco.

–¿Dónde está su espíritu aventurero, señorita Ross?

Ella le lanzó una indirecta.

–Me apetece tener cierto confort familiar en estos momentos, Su Excelencia.

Él tomó otra jarra de cerámica y le sirvió jugo de mango en una preciosa copa de cristal.

–Lo familiar es seguro –observó él con un brillo de desafío en sus ojos mientras ponía la jarra en su sitio y observaba a Emily elevar su copa–. Una mujer que va a lo seguro nunca habría embarcado en el yate de Arnault. Habría elegido una ruta mucho más convencional a Zanzíbar.

Emily deseaba fervientemente, ahora más que nunca, haberlo hecho. Tratar con ese jeque y su actitud hacia ella estaba mermando su confianza en sí misma. Ni siquiera sabía cómo salir de esa. Decir la verdad no parecía llevarla a ningún sitio, pero ¿qué otra cosa podía hacer?

–He tripulado en muchos yates en muchas ocasiones a lo largo de la costa australiana. Simplemente intentaba ahorrarme el dinero de los billetes de avión.

–Se arriesgó con un extraño.

–Pensé que podría manejarlo.

–Y cuando despertó y vio que no había esposa... ¿Cómo manejó la situación entonces, señorita Ross?

–Ah, entonces todo se redujo a las normas de supervivencia en alta mar. Ambos nos necesitábamos para tripular el yate, así que tuvimos que llegar a acuerdos y respetarlos. Jacques solo intentó pasarse de la raya una vez –su mirada se endureció por el desprecio que sentía hacia el francés–. Creo que le resultó demasiado doloroso volver a repetir ese particular error de juicio.

–Quizás eso contribuyera a que Arnault pensara que era usted una virgen defendiendo su virtud, señorita Ross.

–Una no necesita ser virgen para no querer compartir su cama con un indeseable.

–Un indeseable...

–Lo más bajo de lo bajo –explicó secamente.

–¡Ah! –arqueó su ceja con un perverso gesto de desafío–. Y ¿qué es lo más alto de lo alto, señorita Ross? ¿Cuál es el requisito mínimo para que un hombre sea aceptado en su cama?

Lo más alto de lo alto... El corazón de Emily latió

violentamente. Debía de estar refiriéndose a sí mismo, lo que hacía demasiado arriesgado contestar a esa pregunta. Su mirada le ponía el vello de punta.

Emily alargó rápidamente su mano para alcanzar algún sabroso bocado que llevarse a la boca. Comer era algo seguro. Hablar muy arriesgado. De repente, estaba enormemente segura de que, para Zageo, el deseo de satisfacción sexual era más fuerte que el deseo de averiguar la verdad, y de que lo que quería era que confirmara lo que pensaba de ella. Ni hablar.

«Jamás» pensó furiosa. Pero, ¿qué pasaría si él no la dejaba en libertad hasta que ella le diera la satisfacción que esperaba? ¡Entonces jamás llegaría a Stone Town para reunirse con su hermana!

Zageo observó a Emily Ross mientras comía. Consumía gran variedad de canapés con tal concentración, que bien podía haber estado totalmente sola en la habitación. Aparentemente, él no merecía la más mínima atención.

En compañía de cualquier otra mujer habría considerado tal comportamiento imperdonablemente grosero. De hecho, no podía recordar que una situación así se hubiera producido con anterioridad. Emily Ross estaba demostrando ser un enigma a muchos niveles y, por si fuera poco, su continua actitud desafiante estaba suscitando algo más que un mero interés intelectual en ella. Los juegos intelectuales con una mujer siempre resultaban seductores.

Sospechaba que, si hacía algún comentario acerca de su concentración en la comida, ella levantaría esos increíbles ojos azul intenso y afirmaría: «Usted me invitó a servirme yo misma. ¿Tiene algún problema con que lo haga?»

¿Qué podría responderle él sin parecer irrazonable?

La pura verdad era que le ponía de mal humor que se negara a prestarle mayor atención. Hería su ego masculino. Pero podía esperar. El tiempo estaba de su parte. Podía dejar que saciara su hambre. Si la estaba utilizando como táctica evasiva, pronto llegaría a su fin y se vería obligada a prestarle atención de nuevo.

Además, el francés no se había equivocado al juzgar el atractivo físico de aquella mujer. Solo su pelo era ya un placer para la vista. No era de un solo color, sino que tenía una curiosa mezcla de tonos rubios y cobrizos. La descripción dada por el francés, un pelo rubia rojizo, había evocado la imagen de una pelirroja de piel pálida, pero el tono de Emily Ross era de una mayor intensidad. Su piel no era tan pálida como las pieles con pecas. Estaba ligeramente bronceada, mostraba un tono entre dorado y color miel.

«Cobre y oro» pensó él. Una mujer nacida del sol con los ojos del color del cielo en un día soleado. Pero su cuerpo pertenecía a la madre Tierra. La plenitud de su pecho y la anchura de sus caderas prometían fertilidad, algo que Zageo encontraba extremadamente atractivo.

Quizás fuera el contraste con la delgadez de Veronique, la modelo, lo que le tenía tan... fascinado. Su espléndido pelo indomable rechazaba cualquier intento por parte de un peluquero de estilizarlo hábilmente. Su espléndido cuerpo, magníficamente provisto, no mostraba ninguna protuberancia ósea y, sin duda, proporcionaría un blando almohadillado para aquel que reposara en ella, hombre o niño.

Era una criatura de la naturaleza, no el producto de una dieta y de ropa de diseño. Zageo se sorprendió deseando acostarse con ella, sentir su calor envolviéndolo y absorbiéndolo hacía lo más profundo de ella, donde los secretos se fundían y la intimidad reinaba. Entonces sería cuando ella se entregaría totalmente a él.

Zageo se deleitaba con la imagen de Emily Ross finalmente rendida a él mientras la observaba comer. Se inclinaba a pensar que el francés no había conseguido esa satisfacción de ella. La frustración sexual de Arnault le había predispuesto a intentar venderla, demostrando una total falta de percepción del carácter de Zageo y de la mujer. Emily Ross tenía entereza, era de las que jugaban con sus propias reglas.

Sin embargo, Zageo no tenía ninguna duda de que podía ser comprada, como cualquier otra persona. Tan solo se trataba de dar con la tecla adecuada.

—¿Dónde esperaba conseguir encontrarse con su hermana en Stone Town? —preguntó.

Emily reflexionó sobre aquella última pregunta mientras terminaba un sabroso canapé de huevo y espárragos y sorbía un poco más de jugo de mango. No le gustaba el verbo que había usado, sugiriendo que no le iban a permitir acudir a su cita con Hannah.

Sus ojos se fijaron en los de él con determinación.

—Aún tengo intención de encontrarme con ella. Ella cuenta con ello. Abandoné el yate y nadé por eso, porque no quería defraudarla.

—¿Tiene problemas?

Esas palabras de preocupación hicieron que Emily estuviera a punto de contarle la situación de Hannah. La prudencia selló sus labios antes de que se fuera de la lengua dando información que era mejor mantener privada. Acababa de aprender, por las malas, que no se debía ser tan confiado. Creer ciegamente que todo el mundo tenía buenas intenciones podía hacer que uno acabara en lugares realmente desagradables.

–Se trata solo de una reunión familiar. Dije que vendría. Me estará esperando –afirmó Emily, intentando sonar más realista que preocupada.

–Señorita Ross, si he de creer que no estaba usted asociada con Arnault y sus negocios... –hizo una pausa para dar énfasis a su argumento–, si he de creer en su determinación por encontrarse con su hermana en Stone Town... tiene que haber un lugar acordado, ya sea un hotel, una tienda o una residencia privada, y un nombre verificable, que acrediten sus historia.

De acuerdo, ella reconocía que había una laguna de información que debía subsanar para dar mayor credibilidad a la historia, o su condición de invitada-prisionera duraría tanto como el jeque quisiera. Por otro lado, por cómo la había estado mirando, Emily tenía la incómoda sensación de que ni siquiera una mayor credibilidad iba a liberarla de su custodia. Aun así, tenía que ofrecer alguna prueba de que tenía una misión diferente a la de Jacques Arnault.

–El Salamander Inn. No sé si Hannah ha hecho reservas previamente. Probablemente no, pienso yo, ya que no estaba segura de cuándo llegaría a Zanzíbar. Pero ese es el lugar de encuentro.

–El Salamander Inn es un hotel de lujo. Ofrece el mejor alojamiento y, casualmente, es el más caro de la isla. Lo sé –sonrió con arrogancia–. Es mío.

¡Estupendo! ¡La probabilidad de escapar de este hombre en cualquier lugar de Zanzíbar parecía cada vez más pequeña!

–¡Bien! –dijo ella con un suspiro de desesperación–. Entonces puede comprobar fácilmente si Hannah ha llegado ya.

–¿Su nombre completo?

–Hannah Coleman.

–¿No es Ross?

–Coleman es su apellido de casada.

–¿De modo que es poco probable que su hermana haga una reserva a nombre de Ross?

–No. Ross es mi apellido de casada.

Esa información le sacó de su lánguida pose sobre el montón de cojines. Se incorporó rápidamente, y su holgada vestimenta se pegó de inmediato a un cuerpo musculoso y tenso, aparentemente preparado para el ataque. Sin embargo, habló con un suave desprecio que le llegó a Emily al alma.

–¿Dónde está su marido, señora Ross?

–Sus cenizas se lanzaron al aire en alta mar... tal y como dijo una vez que prefería ser enterrado –respondió Emily rechinando los dientes, tratando de ser práctica, de atenerse estrictamente a los hechos para que no la avergonzara una de esas olas de dolor que aún podían recorrerla y abrumarla cuando pensaba en la muerte de Brian.

Habían sido novios desde el instituto y apenas se habían separado en los años que pasaron en compañía mutua compartiéndolo casi todo. El que se hubiera ido de forma tan abrupta... dejándola atrás... sola... privada de un futuro juntos... ¡No, no, no, no te dejes llevar, Emily!

Se concentró en observar a su adversario digiriendo las noticias sobre su viudedad, la desaparición de toda expresión de su cara, la lenta aparición de una pregunta más compasiva en sus ojos oscuros.

–¿Hace cuánto? –preguntó discretamente.

–Unos dos años.

–¿Era joven?

–Dos años mayor que yo.

–¿Cómo murió?

–Brian estaba con un equipo de rescate durante un ciclón. Trató de rescatar el perro de una señora mayor y un trozo de tejado arrastrado por el viento lo golpeó.

–Un hombre valiente, entonces –fue el considerado comentario.

Ella consiguió mostrar una sonrisa irónica.

–No creo que el miedo haya tenido jamás influencia alguna sobre las acciones de Brian. Simplemente solía hacer lo que se había propuesto. Viajamos mucho por Australia.

–¿No tienen hijos?

Ella meneó su cabeza.

–No estábamos preparados para echar raíces. De hecho, estábamos preparándonos para hacer un viaje por el mundo...

–Cuando tuvo lugar el ciclón –dijo Zageo terminando la frase.

–Sí –murmuró ella, molesta al darse cuenta de que había hablado más sobre Brian en los últimos dos minutos que en los dos años desde que se había marchado de Australia.

«Tienes que seguir adelante» se había dicho a sí misma. Y eso había hecho, un largo y pausado viaje por Asia, más o menos a dónde la llevara el viento, sin querer tomar ninguna decisión a largo plazo sobre su vida, una vida sin el hombre al que siempre había querido.

De vez en cuando se había unido a diferentes grupos de personas para trabajar con ellas, escuchando sus experiencias y absorbiendo información interesante, pero aquello que era profundamente personal y privado para ella se había quedado en su corazón y su mente.

Así que, ¿por qué se había abierto a aquel hombre? La respuesta acudió a su mente en una fracción de segundo.

Porque aquel hombre la abordaba de una forma sumamente sexual, por lo que, instintivamente, había recurrido al hombre al que había amado como escudo protector ante esa incómoda sensación. Su matrimonio con Brian también servía como defensa ante otras cosas, como la idea de que era una bailarina profesional del vientre rodeada de indulgentes amantes viejos y adinerados.

De hecho, ella era una viuda respetable. Ni siquiera se había sentido tentada a coquetear con los numerosos e impresionantes chicos que le habían ofrecido cuerpo y cama sin compromisos. El sexo sin implicación emocional ni le había interesado ni le interesaba, se repetía a sí misma tratando de evitar que su cuerpo respondiera de esa manera tan primitiva y vergonzosa a un jeque extraño que pretendía tratarla como una prostituta.

Una vez que logró recuperar su compostura, Emily miró al hombre que se sentaba frente a ella, y notó que su hermosa cabeza estaba ladeada como si estuviera mirándola desde un ángulo que no había contemplado aún. Pero aquellos brillantes ojos oscuros, que tenían el poder de hacer latir fuertemente su corazón, estaban afortunadamente entornados pensativamente.

–Bueno, y ¿cuál es su estado civil? –preguntó ella sin rodeos.

Su cabeza se enderezó instantáneamente y sus ojos se abrieron atónitos por el atrevimiento.

–¿Disculpa?

–Si usted tiene el derecho de preguntar por el mío, yo tengo el mismo derecho de preguntar por el suyo.

Si resultara tener un montón de mujeres y concubinas, ¡quizás dejaría de resultarle tan atractivo! Su cara, claramente, daba a entender a Emily que estaba siendo tremendamente impertinente, pero a ella no le importaba.

–Después de todo, ¿qué sé sobre usted? –señaló ella–. Sé que es el jeque Zageo... lo que sea... ... que es propietario de este lugar y del Salamander Inn, lo cual obviamente quiere decir que es usted terriblemente rico y probablemente influyente, pero...

–Zageo bin Sultan Al Farrahn –interrumpió arrogantemente, proporcionando todos los nombres que ella había olvidado en su estado de nerviosismo.

–¡Eso es! Demasiado largo para recordar –se excusó Emily–. Aunque, si es importante para usted, intentaré recordarlo.

–Para no poner a prueba su memoria –dijo en tono burlón, exasperando de nuevo a Emily–, puede llamarme Zageo en mis aposentos privados.

–Bien, muchas gracias. Se me estaba atragantando eso de Su Excelencia –se excusó–. Sinceramente... ¿cómo puede mantener la compostura cuando le llaman así? Aunque supongo que si realmente cree que es apropiado... –hizo una pausa, y con una mirada interrogante, le retó–: ¿Se considera usted absolutamente excelente?

La mandíbula de Zageo se tensó, y Emily sintió cómo su orgullo luchaba con su sentido común. Tenía que admitir que tenía algunos pequeños defectos. Ningún hombre y ninguna mujer eran perfectos.

–Es simplemente la forma habitual de dirigirse a un jeque en mi cultura –afirmó secamente–. Dudo que Su Majestad la reina de Inglaterra se considere a sí misma majestuosa, ni que piense que es lo más alto de lo alto cuando se dirigen a ella como Su Alteza.

–De acuerdo. Buen argumento –admitió Emily sonriendo para demostrar que no había tenido intención de ofender. Pero en su interior se alegraba de igualar el marcador, aunque solo fuera un poco.

–Si me permite llamarlo «Zageo», usted no necesita continuar llamándome «señorita Ross». «Emily» es suficiente. En realidad, es a lo que estoy acostumbrada. En Australia no somos entusiastas de los títulos.

¡Y que no pensara que ella estaba demasiado impresionada con el suyo!

–Gracias, Emily.

Él sonrió haciendo sonar la alarma en la mente de Emily. Acababa de pronunciar su nombre como si fuera una caricia íntima, haciendo que sintiera un ligero y sensual escalofrío por su columna. En cuanto a su sonrisa... definitivamente proyectaba un placer triunfal por haber conseguido esa concesión, que él debía de interpretar como señal de una menor hostilidad y mayor acercamiento.

Emily se lo imaginaba tomando al asalto las murallas del castillo de ella, de modo que le pareció una buena idea izar el puente levadizo y cerrar las puertas.

–Entonces, volvamos a tu estado civil –dijo para mantener las barreras en su sitio.

–Aún no me he casado –contestó Zageo, socavando el plan de defensa de Emily.

Sintiéndose indudablemente molesta por ello, señaló:

–Pensaba que los jeques podían tener tantas esposas como quisieran. ¿Empiezas tarde, no?

–Creo que la elección de una esposa adecuada merece una profunda y seria consideración en cualquier cultura, dada la intención de que sea un compromiso de por vida y la alianza resultante con otra familia.

–Nada que ver con el amor, por supuesto –lanzó ella frívolamente.

–Por el contrario, he observado que la compatibi-
lidad tiende a engendrar un amor más duradero que la
pasajera química del enamoramiento.

Ella se aferró a lo que parecía una señal de alivio
del acoso sexual al que la estaba sometiendo.

–De modo que no piensas que dejarse llevar por la
química sea una buena idea.

–No es en lo que basaría un matrimonio, Emily,
pero para un momento de placer... –sus ojos brillaron
con una indudable invitación sexual– creo que dejarse
llevar por la química es una indulgencia muy dulce y
satisfactoria, que deben atesorar como algo muy especial las partes involucradas.

Emily tuvo que respirar profundamente para evitar
que sus huesos, su mente y otras partes del cuerpo en
las que no quería ni pensar se fundieran.

–Entiendo, entonces, que no eres virgen –le lanzó
ella, burlándose del valor que al parecer había dado él
a la virginidad suya.

Al menos, interrumpió temporalmente su ardiente
mirada, haciéndole parpadear y provocando una carcajada que relajó la tensión de la estancia e hizo sentir
a Emily algo más segura.

–No he renunciado a los placeres carnales, no –dijo
al fin, expresando con su mirada la expectativa del
placer que ella podría proporcionarle, lo cual borró
cualquier sensación de alivio.

Emily inhaló una bocanada de aire, y la exhaló
despacio y silenciosamente, desesperada por calmar
la aprensión que sentía en su interior y que hacía muy
difícil pensar con claridad. Su vestimenta hacía que
se sintiera despojada de toda armadura física, y él
acababa de despojarla de toda armadura mental que
había tratado de levantar. De alguna manera tenía que
mantener su mente en pie de guerra, porque perdería

la lucha por su libertad si se dejaba distraer por las insidiosas promesas de placeres de aquel hombre, cuyos ojos decían que estaban a su disposición si cooperaba en lo que él quería.

El problema era que él era el tipo de hombre que tentaría a cualquier mujer a preguntarse cómo sería con él... si de verdad le proporcionaría un placer increíble. Aquello le hizo recordar la poesía de Omar Khayyam, que se lamentaba por la efímera dulzura de la vida y el amor. Estos pensamientos derivaron, a su vez, en el persistente vacío que sentía por la desaparición de Brian, contribuyendo al sentimiento de «¿por qué no experimentar con este hombre?».

Su sentido común, en cambio, insistía en que si lo hacía complicaría su situación.

—Estoy aquí por Hanna —murmuró, recordándose a sí misma su principal motivación.

—No creo que ese encuentro con tu hermana sea urgente, si no, no habrías elegido venir en yate —señaló Zageo.

—Pensé que incluso navegando llegaría aquí al mismo tiempo que Hannah. Y preferí ahorrarme el dinero.

—Alojarse en el Salamander Inn no es una forma de ahorrar dinero, Emily —dijo con una sonrisa burlona.

Aún dudaba de su historia.

—Yo no dije que yo fuera a alojarme allí —le recordó ella.

—¿Dónde pensabas alojarte?

—Si Hannah aún no había llegado, pensaba encontrar un lugar adecuado a mi presupuesto mientras la esperaba.

—Entonces no deberías tener ningún inconveniente en aceptar mi hospitalidad mientras esperas a que tu hermana llegue a Zanzíbar –dijo él suavemente–. Sin duda, es lo que mejor se ajusta a tu presupuesto. Ningún coste en absoluto.

–¡Ya, claro! –contestó Emily con ironía– ¡Y supongo que esperas que baile para ti cada noche!

Las elegantes manos de Zageo hicieron un gesto de invitación.

–Si sientes que debes recompensarme de alguna manera...

–¿Y si Hannah ya está en el hotel? –le cortó Emily al sentirse acorralada y ver que el jeque Zageo bin Sultan Al Farrahn se lo estaba pasando demasiado bien a su costa.

–Podemos comprobarlo inmediatamente.

Se inclinó hacia delante y alcanzó un teléfono móvil que había encima de la mesa. Los modernos medios de comunicación en aquel entorno volvieron a sorprender a Emily, pero su presencia por todo el palacio demostraban que la vida del siglo XXI formaba parte de aquel lugar. Desgraciadamente, la parte de conversación que escuchó a continuación no fue en inglés. Solo reconoció el nombre de Hannah Coleman.

Emily estaba literalmente sentada al borde de su asiento con la esperanza de oír alguna noticia que corroborase su historia, y confirmara la llegada de Hannah sana y salva.

–¿Y bien? –preguntó con nerviosismo cuando finalizó la llamada telefónica.

Los oscuros ojos de Zageo se fijaron en los de Emily con gran intensidad.

–Tu hermana no está en el hotel. Tampoco hay ninguna reserva a su nombre.

La decepción rivalizaba con la duda sobre la veracidad de lo que había dicho.

–¿Cómo sé que no estás mintiendo? –salió de su boca.

La cara de Zageo se tensó amenazadora.

–¿Por qué iba a mentir?

«Para llevarme a la cama» era algo que, hasta para la mente agotada de Emily, sonaba totalmente absurdo dado el enorme atractivo y la increíble riqueza de aquel hombre.

Sus oscuros ojos brillaron con recelo al señalar:

–Eres tú, Emily Ross, quien ha inventado una sarta de mentiras para dar la imagen de una víctima inocente.

–Estoy dispuesta a jurar sobre un montón de Biblias o Coranes o cualquier cosa que tenga valor en ambos mundos que no he dicho otra cosa que la verdad.

Arqueando una ceja con escepticismo, Zageo inquirió:

–¿De dónde viene tu hermana?

–De Zimbabue –y dándose cuenta de que tenía que explicar algo más añadió–: Debes de estar al tanto de los problemas políticos del país. Son noticia. Todo el mundo los ha oído. El esposo de Hannah está intentando mantener su granja, pero quiere que ella y los niños salgan mientras él...

–¿Niños?

–Tienen dos niñas. El plan era que Hannah y las niñas fueran hasta Botsuana por carretera cuando pensaran que era suficientemente seguro hacerlo, y entonces... –de pronto Emily se acordó de una conexión muy útil–: Hannah y su esposo, Malcolm, pasaron unas vacaciones en el Salamander Inn hace cinco años. Por eso lo eligieron como lugar de encuentro. Ella lo conocía y pensó que sería un lugar seguro para las dos. Puesto que eres el propietario del hotel, seguro que puedes comprobar los archivos...

–No a estas horas de la noche.

–Entonces a primera hora de la mañana.

Emily se levantó al ver una oportunidad de terminar este incómodo encuentro con él.

–De hecho, estoy segura de que tienes el poder y los medios para averiguar un montón de cosas sobre mí para mañana por la mañana, de modo que seguir hablando ahora mismo resulta realmente ineficaz, ¿no crees? Estoy terriblemente cansada. Si pudieras hacer que me llevaran a los aposentos de mujeres, estaré encantada de aceptar tu hospitalidad por esta noche y...

Él se levantó del sofá cortando a Emily. Por unos momentos, la miró fijamente a los ojos lanzando una advertencia. Si le estaba tomando por tonto, lo pagaría caro. Pero la dejó ir.

–Hasta mañana por la mañana –dijo irónicamente de acuerdo con el plazo que ella había establecido.

A pesar de la oferta de hospitalidad que Emily había pretendido aceptar para esa noche, no sentía ni la más remota hospitalidad en los guardias de seguridad que la escoltaron de vuelta a las estancias femeninas.

No era la invitada del jeque Zageo bin Sultan Al Farrahn. Era su prisionera.

Capítulo 3

ZAGEO se paseaba de un lado a otro de la sala de estar, indignado por la intolerable impertinencia de Emily Ross, que lo había dejado plantado como si tuviera el derecho de hacer lo que le diera la gana. Aquella mujer, que debía saber que era una intrusa que estaba abusando de su buena voluntad, le había tratado de la misma intolerable forma que Veronique. Lo que le hizo recordar...

Con un claro propósito se acercó al teléfono para llamar al apartamento de París. Lo había comprado para facilitar la relación con Veronique, y ella lo había adoptado recientemente como su lugar de residencia habitual. Mientras esperaba impacientemente a que ella contestara al teléfono, Zageo decidió que el apartamento sería un regalo de despedida idóneo.

–¡Ah, *cheri*! Qué sorpresa tan agradable –respondió ella efusivamente cuando él saludó–. ¿Me estás echando de menos?

Si quería poner a prueba su poder de atracción, lo estaba haciendo con el hombre menos indicado.

–Veronique, tú y yo hemos terminado –afirmó dándolo por hecho.

–¿Cómo? –conmoción seguida de inquietud–. ¿Qué quieres decir, Zageo?

–Quiero decir que nuestra relación se ha terminado. Tú decidiste quedarte en París... y ahora me siento atraído por otra mujer.

–¿Me dejas por otra mujer? –chilló a través del auricular.

Una solemne lección por no apreciarlo lo suficiente.

–Pondré el apartamento a tu nombre... un recuerdo de los momentos que hemos compartido, que seguro apreciarás.

–Yo no quiero el apartamento sin ti en él –gritó furiosamente–. Te quiero a ti, Zageo.

Una afirmación que le dejó helado. Si tanto lo quisiera, estaría con él ahora. Obviamente, Veronique pensó que podía tener su pastel sin proporcionar los ingredientes que lo hicieran deseable para él también. Un trato era un trato y, según Zageo, ella no había cumplido con su parte. A pesar de ello, él estaba dispuesto a ser generoso.

–Por favor, ten la cortesía de aceptar que se ha terminado, Veronique. No hay nada que ganar alargándolo. No sirve para nada. Te prometo que tendrás el apartamento. Pondré en marcha el proceso legal mañana.

–¿Has encontrado a otra mujer? –su voz temblaba de incredulidad.

¿Una herida imperdonable para su orgullo?

–Estoy seguro de que encontrarás a otro hombre –dijo él lentamente, consciente de que había muchos otros deseando ocupar el lugar que él acababa de dejar vacío.

–No puedes hacerme esto. No te dejaré...

–Continúa con tu propia vida, Veronique –le cortó Zageo implacablemente–. Yo ya lo he hecho. En el futuro nos podremos ver como viejos amigos que aún sienten afecto el uno por el otro. Como siempre, te deseo lo mejor.

Cortó la llamada antes de que ella pudiera continuar protestando. Era mucho mejor dejarlo con un sentimiento de respeto mutuo que con una perorata de agravios. Esperaba que Veronique fuera lo suficientemente práctica para aceptar lo que no tenía marcha atrás y considerarse afortunada de haber sacado tan maravilloso provecho a su relación. Sin lugar a dudas, el apartamento de París sería un bálsamo para su orgullo herido.

Ahora la pregunta latente era... ¿cómo ocuparse de Emily Ross? Ella no mostraba ningún signo de doblegarse a su voluntad. A pesar de que seguramente se había dado cuenta de que su destino estaba en manos de él y de que le sería útil ganarse su favor, despreciaba su autoridad constantemente. Si Abdul tenía razón sobre que esta clase de actitud era típica entre los australianos, entonces quizás no fuera con ánimo de ofender. Por otro lado, Zageo no estaba dispuesto a aceptarlo de una mujer.

Por supuesto, podía entregarla a las autoridades locales y apartarla de su vida. Probablemente, esa fuera la opción más sensata, puesto que él había decidido buscar una esposa adecuada, y Emily Ross era una distracción que lo apartaría de su camino. Por otro lado, mientras durase aquel viaje por África, él disfrutaría teniéndola en su lecho y enseñándole quién era el dueño de la situación.

Al día siguiente sabría más sobre ella. La información daba poder.

Sin embargo, con la mañana siguiente no llegó ninguna aclaración.

—Las oficinas públicas no abren los sábados y domingos en Australia —le informó Abdul—. No podemos verificar ni el certificado de matrimonio ni el de defunción hasta el lunes.

¡Mayor frustración!

Después de terminar su desayuno, Zageo se tomó unos minutos para saborear el aroma de su café de Kenia, con el deseo de que al menos uno de sus sentidos disfrutara de alguna satisfacción. A continuación, volvió a pensar en el desafiante y desconcertante enigma de Emily Ross. Investigarla era como perseguir humo desvaneciéndose...

Abdul ya le había informado de que los empresarios australianos que habían firmado las referencias no trabajaban en el mismo lugar. La dirección de Reef Wonderland Tours había cambiado hacía dieciocho meses, y la empresa Whitsundays Diving Specialists había desaparecido. En cuanto al lugar de vacaciones del Mar Rojo en que se suponía que había estado trabajando con un equipo de buceo, nadie admitió conocerla, lo cual levantaba sospechas respecto al tipo de profesión que había ejercido allí, puesto que su nombre no aparecía en los archivos.

¿Habría algo verídico en su historia?

—El vestido de bailarina del vientre le quedaba perfecto —señaló Zageo con sequedad.

—Efectivamente, Su Excelencia —admitió Abdul.

Zageo hizo un gesto de desaprobación ante la forma en que sus empleados solían dirigirse a él. Estaba acostumbrado a lo de Su Excelencia, pero la verdad era que el título era ridículo, tal y como había señalado aquella provocativa mujer.

—Las autoridades han venido de Stone Town para llevarse a Jacques Arnault y sus contactos en Zanzíbar, y ponerlos bajo su custodia.

Al no obtener respuesta alguna, Abdul continuó:

—Debe decidir si va a incluir a la señorita Ross entre los delincuentes o no.

—No —la respuesta fue rápida y tajante. Se sentiría... derrotado por Emily Ross si se lavara las manos antes de abordar el problema de quién era y qué hacía realmente–. No tenemos ninguna prueba concluyente de que esté involucrada –añadió–. Teniendo en cuenta lo difícil que es reparar una injusticia una vez hecha, me inclino a concederle el beneficio de la duda.

–¿Desea mantenerla aquí o dejarla libre para que se ocupe de sus propios asuntos?

–Puesto que la señorita Ross no ha hecho ninguna reserva previa, se quedará aquí como mi invitada. Al menos hasta el lunes –le indicó a Abdul con una mirada que reflejaba su determinación por encontrar más información sobre ella–. En cuanto a sus asuntos, obviamente no parecen urgentes, puesto que aún no hay ninguna reserva en el Salamander Inn a nombre de Hannah Coleman. Si es que de verdad existe tal hermana.

–La búsqueda en los archivos del hotel de los últimos cinco años ha dado como resultado a un tal señor y señora M. Coleman.

Zageo se encogió de hombros poco convencido por un nombre que podía pertenecer a un sinfín de personas.

–Me pregunto si se trata de la confirmación de la historia de mi nueva invitada o de una mera coincidencia –dijo con tono burlón–. Creo que debo hacer más indagaciones hoy, Abdul.

A su asistente personal y confidente le llevó unos segundos asimilar e interpretar el comentario. Se aclaró la garganta y vaciló al preguntar:

–¿Ha... ehh... terminado su aventura con Veronique, Su Excelencia? ¿Hay alguna... cosa... que quiera que solvente?

–No. Ya está hecho. Hice una llamada para arreglarlo anoche. La decisión no tuvo nada que ver con la señorita Ross, Abdul. La había tomado con anterioridad.

Aunque, una vez borrada su examante de su mente, Emily Ross figuraba como sustituta.

—Le he dado el apartamento de París –continuó–. Habrá que ponerlo a su nombre, ¿se encargará usted?

Abdul asintió.

—Hablando de nombres, el de Coleman figuraba junto a una dirección en Zimbabue. ¿Desea que lo investigue?

—Podría dar resultados. Me pregunto por qué no ha aparecido la hermana. Sí... –Zageo sonrió hacia sus adentros–. Las pesquisas para averiguar la respuesta a la pregunta demostrarán preocupación por aquellos que la señorita Ross aparentemente considera seres queridos.

«Un arma de guerra» pensó mientras sentía una gran expectación por el plan que pronto pondría en marcha.

Emily tenía que admitir que ser prisionera en aquel lugar tan asombroso no era duro. Sus necesidades estaban maravillosamente atendidas. Había dormido en la gloria en una cama fabulosa. Claro que, después del camarote del yate, cualquier cama habría sido estupenda, pero el colchón, las suaves almohadas y el increíble mosquitero que rodeaba toda la cama para evitar posibles picaduras le habían hecho sentir como si estuviera durmiendo sobre nubes.

Además, despertar y encontrarse toda su ropa, incluso la que había dejado en el yate de Jacques, lavada, planchada y colocada en el vestidor contiguo al dormitorio... seguramente aquello significaba que su historia había sido verificada y que todo volvía a la normalidad. Los temores infundados por la grotesca situación de la noche anterior parecían más bien increíbles aquella mañana.

Se vestiría con su falda favorita para lo que parecía iba a ser un día caluroso en la isla, una falda con vuelo estampada con flores rosas, azules y verdes, hecha de un precioso tejido fresco y ligero. Una camiseta azul de manga corta y cuello a la caja completaría lo que consideraba una vestimenta discreta... simplemente... bonita y femenina. Si tenía que haber otro encuentro cara a cara con el jeque, al menos no tendría razones para volver a poner en duda su moralidad.

El desayuno en la terraza de los aposentos de las mujeres, a la que daba su suite, fue todo un acontecimiento social. Además de Heba, que le sirvió una sabrosa variedad de frutas y cruasanes, otras dos muchachas de la sesión de belleza de la noche anterior, Jasmine y Soleila, revoloteaban por todas partes deseosas de complacer a Emily en todo lo que podían.

Después de terminar el desayuno, con un café que sabía a gloria, le trajeron una selección de revistas para que las hojeara. Heba abrió una revista de *Vogue* para enseñarle algunas fotos de famosos en un estreno en París.

–¿Ve? –señaló orgullosa–. Aquí está él con Veronique.

Emily sintió una extraña punzada en el corazón al fijarse en el jeque Zageo bin Sultan Al Farrahn, impresionante con un elegante traje negro, acompañado por una bellísima top model famosa en el mundo entero, e igualmente impresionante con un fabuloso vestido de noche con plumas de avestruz que solo ella podía llevar tan magníficamente.

Aquella fotografía no era una fantasía sacada de

Las mil y una noches. Era la realidad del panorama internacional, de la gente guapa y rica haciendo lo que suelen hacer, juntarse unos con otros para acontecimientos sociales y por asuntos personales.

Emily se dio cuenta de que la noche anterior debía de estar delirando para imaginar que era una mujer deseable para aquel hombre. ¿Por qué razón iba a quererla a ella cuando tenía una modelo tan exótica y elegante a su disposición?

—¿Llevan juntos desde hace mucho tiempo? —preguntó a Heba.

—Casi dos años —respondió Heba, encogiéndose de hombros.

Dos años implicaban una relación bastante sólida. Emily no entendía en absoluto por qué el jeque se molestaba en averiguar nada sobre ella cuando podía haberla entregado a las autoridades locales para que ellos resolvieran qué tipo de conexión tenía con Jacques Arnault. ¿Por qué tenía ese interés sexual en ella? ¿Se debía simplemente a la excitación que producía el que el francés hubiera intentado cambiarla por su libertad?

—Pero Heba, Veronique no lo ha acompañado esta vez —señaló Jasmine dirigiendo una mirada cómplice a Emily, como si fuera obvio quién había sido elegida para ocupar el vacío en el lecho del jeque.

—Quizás no se lo hayan permitido sus compromisos profesionales —razonó Emily, incapaz de sentirse halagada lo más mínimo por la idea de haber sido escogida para una sustitución temporal. En realidad, sentía auténtica repulsión.

—Podría ser —admitió Heba—. El jeque estará viajando por África varios meses. Es posible que Veronique se una a él en algún momento de su gira por los hoteles Al Farrahn.

Estaba claro que el Salamander Inn era uno de esos sitios, una prueba más de la impresionante riqueza de la familia, pensó Emily. Pero no era eso lo que ella necesitaba. Lo que sí tenía que hacer era poner los pies en la tierra, tratar de encontrar la manera de salir de aquel palacio, y volver a su vida normal, sin importar lo difícil que pudiera resultar a veces esa vida. Al menos era real, se decía a sí misma, y sabía cómo lidiar con ella.

–¿Se me permite salir? –preguntó Heba–. Necesito ir a Stone Town.

–Debe esperar a que Su Excelencia lo autorice –fue la firme respuesta.

Aquellas mujeres no cederían, no se moverían de su sitio, y sin ayuda las posibilidades de salir del palacio eran nulas. La única manera de llegar al primer piso era por los balcones que daban al patio central y había guardias de seguridad apostados al pie de cada escalinata. Sin duda, sería imposible pasar de largo con sus propias ropas sin ser vista y detenida. Estaba atrapada en aquella prisión de oro hasta que el jeque Zageo decidiera liberarla.

Según avanzaba la mañana, Emily se fue sintiendo cada vez más nerviosa por la situación. ¿Qué estaba ocurriendo? ¿Por qué no podía tomar una decisión sobre su inocencia? Cuando finalmente llegó una comunicación del jeque, estaba muerta de impaciencia por encontrarse con el hombre que controlaba su destino en esos momentos, y su mente bullía con argumentos persuasivos para ganarse su libertad.

Ya no aceptaría ser ni su prisionera ni su invitada. Ahora que sabía lo de su relación con Veronique, dudaría de cualquier nuevo ofrecimiento de hospitalidad. Además, lo mejor era dejar atrás lo antes posible todo aquel episodio.

¡No esperaba ser escoltada fuera de palacio, conducida al puerto del que había salido nadando la noche anterior, y transportada a otro barco! El yate de Jacques había desaparecido. Lo que había ahora era una cara y lujosa embarcación de motor.

Emily no quería salir del pequeño fueraborda y subir las escaleras a la cubierta de un yate capaz de alejarla de Zanzíbar en un abrir y cerrar de ojos. Una sensación de rebeldía recorrió sus venas. Miró hacia el agua. ¿Alejarse a nado era una opción esa vez?

–Sería un esfuerzo inútil, Emily –fue el sarcástico comentario que vino desde arriba.

Su estómago se encogió al oír aquella voz. Su corazón empezó a palpitar nervioso. Todos los argumentos que había preparado en su mente empezaron a desmoronarse. Intuía que mientras que el jeque no quisiera dar por finalizada la hospitalidad que le brindaba, no habría un final.

En cualquier caso, su carácter independiente por naturaleza no se convertiría en miserable sumisión. Levantó su barbilla con desafío al dirigir su mirada hacia él.

–¿Por qué estoy aquí? –preguntó–. Pensé que ibas a hacer que comprobaran mi versión de los hechos.

–Desafortunadamente el fin de semana no es buen momento para contactar con ninguna fuente de información.

–¿Cuándo será buen momento? –le desafió, aunque en su interior reconocía que lo que decía era probablemente verdad.

Él se encogió de hombros.

–Quizás el lunes.

Lunes. Dos días más en aquella nube y sin más remedio que aguantar la compañía del jeque cuando él así lo ordenase.

–Sé mi invitada, sube a bordo –le instó.

Eran órdenes, no invitaciones. Emily lanzó un suspiro al ponerse en pie y se acercó a la escalera.

–Vaya una invitada –refunfuñó–. Un anfitrión considerado se preocuparía por dónde quiero estar y, desde luego, no es en otro barco.

–Pero este es un barco de placer que está tripulado. Ningún trabajo para ti en absoluto –aseguró en aquel suave tono de voz que le producía escalofríos por la intensa sensación de peligro al acecho.

–Aun así, está en el agua –dijo refunfuñando de nuevo.

–¡Qué extraña queja de alguien que se supone es una buceadora profesional!

–Bucear es diferente –insistió ella.

–Ya veremos.

Aquellas palabras escondían algo siniestro, pero una distracción le hizo perder el hilo de sus pensamientos. Resultaba sorprendente verle vestido tan informal, con camiseta blanca y pantalones cortos. Él le ofreció la mano para que no perdiera el equilibrio al poner el pie en la cubierta. Ella la aceptó y aquellos dedos firmes alrededor de los suyos produjeron otra sacudida en su interior.

Trató de no mirar hacia sus piernas desnudas. De la misma manera, sus firmes nalgas al volverse a dar instrucciones a un miembro de la tripulación añadían atractivo sexual.

Ante la necesidad de controlarse, Emily se soltó instintivamente de su mano y cruzó sus brazos alrededor de su tórax. Al final se ruborizó cuando él se dio la vuelta y vio que con su movimiento de defensa había empujado hacia arriba sus pechos involuntariamente.

–Relájate, Emily –le aconsejó con una peculiar

sonrisita y una mirada perversa–. Vamos simplemente a hacer un viaje a la isla de Pemba, donde el agua es cristalina y los arrecifes de coral ofrecen una inmersión espléndida.

–¿Está muy lejos? –preguntó bruscamente.

–No está lejos. La gente va en ferry desde Zanzíbar.

¡Un ferry! Bueno, al menos si era abandonada allí, razonó Emily, había una especie de transporte público para ir a Stone Town.

–Vamos –dijo instándola a dirigirse hacia la puerta que llevaba al camarote–. Nos sentaremos en el camarote durante la travesía.

Aquel camarote no se parecía en nada al camarote del yate de Jacques. Era una suntuosa sala de estar con sofás de piel color crema alrededor junto a las ventanas. Había una elegante mesa de comedor para diez personas, y una zona más acogedora para sentarse a tomar algún refresco y charlar con sillas y sofás alrededor de una mesa baja.

Emily escogió sentarse junto a la ventana con su brazo apoyado sobre el respaldo acolchado para mirar hacia el puerto al que había llegado con Jacques. Sintió la vibración de los motores al ponerse en marcha, señal de que estaban a punto de zarpar hacia alta mar.

Su anfitrión pasó por delante y se sentó frente a ella a un metro de distancia en el mismo sofá, con un brazo apoyado sobre el respaldo y la mano colgando al alcance de la de ella. Aunque Emily era plenamente consciente de su proximidad, decidió ignorarlo fijando su mirada en el manglar que se iba alejando según avanzaban sobre el agua hacia la salida del puerto.

–No te preocupes, volveremos –le aseguró Zageo, consciente de su tensión.

–¿Por qué me llevas a la isla de Pemba? –preguntó

ella sin mirarlo por temor a que notara lo vulnerable que la hacía sentir.

—Los arrecifes que rodean la isla están en su mayoría en estado puro, los jardines de coral permanecen prácticamente vírgenes y esconden una gran variedad de vida marina. Como buceadora profesional, probablemente hayas oído que esta zona es el sueño de un biólogo marino.

—No, no lo sabía.

—Me sorprende —dijo pausadamente—. Pemba se encuentra actualmente entres los mejores lugares para buceo del mundo.

Aquella burla por su desconocimiento incitó a Emily a mirarlo fijamente a los ojos.

—No vine a Zanzíbar para bucear —afirmó resentida por la forzosa interrupción de su misión personal—. ¿Por qué no me dejas ocuparme de mis propios asuntos?

—¿Qué es lo que tienes que hacer? —replicó razonando—. Tu hermana aún no se ha registrado en el Salamander Inn. He dejado instrucciones a la dirección del hotel para que cuando llegue Hannah Coleman y se identifique, me lo notifiquen inmediatamente. Mientras tanto, ¿qué mejor que pasar el día aquí y aprovechar las magníficas oportunidades para bucear?

Era difícil criticar su lógica, pero el hecho innegable de que no tenía elección la enfurecía.

—No me crees ¿verdad? Aún piensas que soy una bailarina traficante de drogas. Y esto... —continuó señalando con su mano aquel lujoso entorno— no es más que otra cárcel de oro.

La mano que permanecía próxima a la suya en el respaldo del sillón se movió en un perezoso gesto desdeñoso.

—Creo que la mayoría de las cosas terminan reve-

lándose por sí mismas con el tiempo —sus ojos deste-
llaron en claro desafío—. Si eres una buceadora profesional, por ejemplo, no debería tener ninguna duda
sobre ello después de nuestra visita a Pemba.

—¿Quieres que te lo demuestre?

Despacio, él esbozó una sonrisa que hizo que el
pulso de Emily se acelerase.

—Puede que lo que quiera sea simplemente compartir algo placentero contigo —sugirió, provocando
un revuelo de hormonas que le decían que él quería
algo más que disfrutar bajo el agua con ella.

Emily se puso en pie de un salto, demasiado per-
turbada para quedarse sentada.

—¿Por qué estás haciendo esto? —se enfrentó agi-
tando sus manos en señal de desconcierto—. No soy
nada para ti. Simplemente una señal pasajera en el
monitor de tu radar. Totalmente insignificante. ¿Por
qué invertir tu tiempo en...?

Él se levantó, interrumpiendo lo que decía. Agarró
sus manos y las puso sobre su pecho sosteniéndolas
con las suyas, haciendo que sintieran el calor de su
cuerpo a través del fino algodón de su camiseta, el
fuerte palpitar de su corazón, su respiración, lo cual
hizo que ella sintiera una conexión muy íntima con
aquel hombre.

—¿Una casualidad del destino? —él terminó la frase
por ella, aunque no era lo que ella había querido decir.

Emily no podía recordar qué era lo que había querido decir. Estaba ensimismada mirando sus labios
mientras pronunciaban palabras que se deslizaban por
sus oídos y se infiltraban en su mente desactivando de
alguna manera su propio proceso mental.

—A veces, las cosas ocurren por alguna razón... un
momento, un lugar, un encuentro que nadie podía

prever... y es un error negarles un significado. Puede
que no sea el azar lo que lleva a ese encuentro aparentemente accidental, sino fuerzas de la naturaleza
que deberíamos seguir, Emily, porque tenía que ocurrir... dando un resultado al que no habría podido lle-
garse de otra forma.

¿Qué resultado? ¿Cómo podía resultar algo importante de esa disparatada atracción?

Él deslizó las manos de Emily hacia sus hombros
y aunque las soltó, ¿las retiró ella de aquellos anchos
hombros masculinos? ¡No, no lo hizo! Sus manos estaban pegadas deseando sentir aquello que él, implíci-
tamente, le había ordenado que sintiera.

Los labios que estaba observando mientras pronunciaban palabras que ella ya no oía se estaban acer-
cando. Los latidos de su corazón estaban ensordecien-
do sus oídos. Un salvaje desenfreno se apoderó de su
mente y recorrió todo su cuerpo dando lugar a cierta
ansia por experimentar lo que viniese.

Sus labios rozaron los de ella provocando un hormigueo que pedía que aquella sensación tan excitante
continuara. Emily no se apartó. Cerró sus ojos y se
concentró en su respuesta a lo que apenas era un
beso, pero que había desatado una química sorprendente.

Otro roce.

La punta de su lengua se deslizó muy despacio entre sus labios, separándolos de forma sensual y per-
suasiva, acariciando el interior.

Ella le sintió acercándose más aún a ella, deslizando sus manos alrededor de su cintura, rodeándola con
sus brazos en un abrazo hasta sentir el contacto de sus
cuerpos. Una parte de su mente le decía que no debía
permitir lo que estaba ocurriendo, pero la necesidad
de sentir y saber hasta qué punto llegaría su respuesta

hacia él superaba cualquier inquietante sentimiento de precaución.

Todas sus terminaciones nerviosas parecían vibrar ante la expectativa de mayores estímulos. Era imposible negar el deseo que él despertaba en ella, y no podía encontrar ninguna razón lo suficientemente fuerte para combatirlo. La vertiginosa masculinidad de aquel hombre hacía que sus instintos femeninos se deleitaran en su fuerza, se regocijaran en su deseo, saborearan el poder de una química sexual que podía borrar las diferencias entre ellos, diferencias que en realidad debían mantenerlos alejados.

Sus labios se apoderaron de los de ella, los sensuales besos dieron paso a besos apasionados. Él la besaba con la implacable confianza de poder hacerlo a su antojo, eliminando toda inhibición que Emily pudiera sentir, despertando una excitación asombrosa, incitando una pasión sumamente erótica que hacía que su cuerpo temblara de necesidad.

Ella sintió cómo sus dedos se enredaban en su pelo, moviendo su cabeza para besarla, y cómo la otra mano recorría la curva de su espalda hasta alcanzar su base, y ejercía presión para empujarla contra la dureza de su erección.

Él tenía tal dominio sexual sobre ella, que Emily apenas se daba cuenta de que la situación se acercaba peligrosamente a un punto sin retorno. Consiguió apartar su mente de aquel torbellino de sensaciones lo suficiente como para considerar cuál sería el resultado de tener relaciones sexuales con aquel hombre. No lo sabía. Ni siquiera podía adivinarlo. Y la sensación de estar perdiendo el control de su vida de repente le pareció espantosa.

Capítulo 4

ZAGEO estaba tan inmerso en la corriente de deseo sexual entre los dos, que inmediatamente notó la repentina resistencia que anunciaba un cambio inminente. El dócil cuerpo de Emily empezó a ponerse tenso. Apartó su cabeza bruscamente de la de él. Había conmoción en su rostro, pánico en sus ojos. Él se dio cuenta de que a continuación vendría una disputa si no hacía algo para aliviar el temor y calmar su inquietud.

–¿Suficiente? –preguntó, forzando una pequeña sonrisa caprichosa, a pesar de que sus entrañas se retorcían de dolor ante la necesidad de recuperar el control sobre aquel instinto tan básico que ella había despertado en él.

Ella intentaba tragar saliva mientras luchaba por poner sus ideas en orden y ofrecer una respuesta sensata. El iris azul intenso de sus ojos, empequeñecido por las enormes pupilas negras, aún tenía que recuperar su tamaño normal. Se lamió los labios como si estuviera desesperada por borrar el sabor de los de él. Pero no podía negarse su complicidad en lo que acababan de compartir. Él le había dejado suficiente margen para rechazar un beso y ella no lo había hecho.

–¡Esto no es una buena idea! –afirmó tajantemente y tomó un profundo respiro.

–La vida es mejor cuando cuerpo y mente están en

armonía. Oponerse mentalmente contra lo natural es una mala idea, Emily –declaró él.

–¡Exacto!

Emily respiró profundamente de nuevo mientras recobraba el juicio. Retiró las manos de sus hombros y, con las palmas hacia arriba para apelar a su comprensión, continuó:

–Bueno, para que lo sepas, Zageo, mi cabeza estaba en otras cosas y mi cuerpo siguió su propio camino, ¡lo cual no puede definirse como armonía!

–Y si tu mente no hubiera estado en otras cosas, ¿qué habría pensado? –la desafió rápidamente, tratando de entender qué había impulsado su comportamiento.

Ella se alejó de Zageo, y él soltó su cintura dejando que se apartara a la distancia que considerara segura.

–Estoy segura de que eres consciente de tu atractivo para el sexo opuesto –le reprendió ella.

–A ti tampoco te falta atractivo –señaló él.

Sus mejillas se ruborizaron de vergüenza.

–A veces, es definitivamente mejor ignorar ese tipo de cosas porque son una distracción de los asuntos realmente importantes –argumentó ella–. Tener una relación contigo...

–Podría ser la mejor manera de resolver esos asuntos importantes de los que hablas –sugirió él.

–Noooo... –ella sacudió su cabeza alejándose aún más–. Así no es como dirijo mi vida. Yo no utilizo a la gente.

–No hay nada malo en un intercambio justo. Si cada persona da y recibe algo equitativo... si alcanzan un placer mutuo...

–¡Yo no creo en pisotear el territorio de otros! –le lanzó ella ferozmente con una mirada de acusación por su juego sucio.

Zageo frunció el ceño, perplejo por la ofensa que evidentemente sentía ella.

–Me diste a entender que no hay ningún hombre en tu vida en estos momentos –le recordó–. Obviamente, yo habría respetado...

La ira irrumpió.

–¿Qué hay de respetar tu relación con Veronique?

Zageo empezó a entender. Los cotilleos en la sección de mujeres.

Emily tomó una postura beligerante y, con las manos en las caderas, arremetió contra él con desdén.

–El que ella no haya podido venir contigo no te da derecho a coquetear con cualquier mujer que se cruce en el camino.

–Veronique está en París porque le apetece más que estar conmigo –le informó fríamente–. Nuestra relación ha terminado, de modo que soy libre de estar con la mujer que yo elija, Emily.

Él se dio cuenta de que se había quedado sin palabras ante la noticia de que no tenía ninguna obligación moral con Veronique. No era fácil asimilar que un argumento de defensa tan sólido fuera echado por tierra de un golpe. Se preguntaba si Emily tenía una moral tan sólida como acababa de indicar, o si su recurso a Veronique era una excusa para eludir su verdadero deseo por él. Pero ¿por qué quería eludirlo?

–Eres tú el que eliges, ¿no? –repitió ella, utilizando las últimas palabras de Zageo como arma para continuar la discusión entre ellos, y levantando sus manos en el aire–. Yo no tengo nada que decir. Tú me retienes en la sección para mujeres del palacio de tu familia, me traes a este barco...

–Yo no me he imaginado tu consentimiento para tomarte en mis brazos, Emily –le cortó él con firmeza–. En cuanto al resto, ¿no es mejor estar bajo mi protección personal que encerrada en una cárcel estatal mientras las autoridades resuelven la situación resultante de tus elecciones?

–Al menos estaría en camino de resolverse –objetó ella, aparentemente sin inmutarse ante la perspectiva de verse obligada a compartir celda con delincuentes.

–Créeme, Emily, es mejor que yo lo resuelva, puesto que tengo un interés personal en encontrar las respuestas. Sin embargo, puesto que tener elección significa tanto para ti, te ofrezco que elijas. Puedes venir conmigo a la isla de Pemba y demostrar lo hábil que eres buceando, u ordenar al capitán de esta embarcación que nos lleve directamente a Stone Town, para entregarte a las autoridades locales y pudrirte en la cárcel mientras verifican tu historia a su ritmo, dependiendo de cuánto papeleo pendiente tengan sobre su mesa.

–Podrías dejarme ir, simplemente –le presionó ella, con el cuerpo tenso de exasperación por las limitaciones que imponía.

–Eso no es una opción –contestó Zageo, decidido a mantenerla a su lado.

–¿Por qué no?

–No estaría cumpliendo con mi deber cívico si soltara a una traficante de drogas potencialmente peligrosa para la comunidad.

–Pero no te importa besar a una traficante de drogas potencialmente peligrosa –se burló ella.

–No estaba haciendo ningún daño público y estaba preparado para asumir el riesgo personal –se mofó él.

–No estás arriesgando nada.

–No hables por mí, Emily. Habla por ti misma. Haz tu elección. ¿Quieres que llame al capitán y cambie nuestro destino, o quieres bucear conmigo en Pemba? Debo añadir que los empresarios que figuran en tus referencias no están localizables hoy, por lo que no hay forma rápida de verificar tu historia. Ya se ha intentado.

Zageo vislumbró una mirada de impotencia en los ojos de Emily antes de que bajara sus largas pestañas. Ella lanzó un largo suspiro entrecortado.

–De acuerdo –dijo finalmente con tono de resignación–. Necesitaré un traje de neopreno. Y me gustaría examinar el equipo de buceo.

–Hay un centro de buceo en Fundu Lagoon donde echaremos anclas. He ordenado que un especialista esté disponible para equiparnos correctamente y guiarnos a los lugares con las mejores vistas del arrecife.

Ella asintió con la cabeza distraídamente mientras su mirada revoloteaba por la sala y se fijaba en una escalera.

–¿Lleva a... a los lavabos de señoras?

–Lleva a los camarotes, cada uno de los cuales cuenta con un cuarto de baño propio –explicó–. Baja y abre la primera puerta que encuentres, Emily.

–Gracias.

Ella le lanzó una angustiosa mirada de alivio. Zageo se quedó reflexionando mientras ella se apresuraba hacia las escaleras. ¿Se trataba de atender la desesperada llamada de la naturaleza, o se trataba de la desesperada necesidad de escapar para reconsiderar su posición?

Zageo tenía que admitir que él mismo sentía una gran confusión. Había besado a muchas mujeres en su vida. Ninguna le había transmitido la sensación de ser inexperta. Había resultado extrañamente fascinante sentir a Emily Ross concentrándose intensamente en el tacto y el sabor de su boca, como si no la hubieran besado antes, o como si hubiera pasado mucho tiempo desde la última vez y hubiera olvidado cómo era.

Necesitaba despejar su propia mente después de

aquello. Zageo salió y se dirigió a la parte de atrás de la cubierta para refrescarse un poco, sentir la brisa del mar en su pelo… No esperaba que su propio deseo por ella se intensificara tan rápidamente. Dejarse llevar por la tentación resultaba a menudo decepcionante, al no estar la experiencia a la altura de las expectativas. Pero Emily Ross... la forma en que había respondido... ¡y con total naturalidad!

A menos que fuera una actriz excepcional, Zageo no podía imaginarla como una bailarina profesional rodeada de clientes. Era bastante más probable que hubiera tenido un único amante... un esposo joven sin mucha experiencia en las artes eróticas. Si no, ¿cómo podían explicarse esos electrizantes momentos de quietud? Una quietud seguida de una corriente de caótica excitación. Definitivamente, no se trataba de una respuesta intencionada, sino más bien instintiva, y tan intensa que la había asustado. Eso la hacía aún más atractiva.

Zageo decidió que intentaría iniciar una relación con ella, independientemente de que fuera un paso apropiado para él o no. Hacía mucho tiempo que no se sentía tan vivo con una mujer.

Emily puso las manos en sus mejillas deseando que el calor que sentía se desvaneciera. Había salpicado su cara con agua fría una y otra vez, pero aún ardían.

Estaba furiosa consigo misma por sucumbir al estúpido impulso de descubrir cómo sería ser besada por un completo extraño, que daba la casualidad de tener un poderoso atractivo sexual. Ahora él pensaría que era una bailarina que iba de cama en cama. Además, ¡no había sido solo un beso!

Aquel hombre debía de tener la lengua más excitante del mundo, por no hablar del torrente de pasión que incitaba. El hecho de que sus pechos aún le doliesen, sintiera las piernas como gelatina y la humedad entre sus piernas aún no hubiera desaparecido demostraba un tremendo deseo carnal de tener un contacto más íntimo con él. ¡Nunca se había sentido así con Brian!

Y ese pensamiento hizo que se sintiera aún más incómoda. Desleal. Brian había sido su compañero en todos los sentidos. Ella lo había amado. Nunca había habido nadie más. El sexo entre ellos había parecido natural y bueno, y había respondido a las necesidades emocionales que habían sentido en cada momento. No parecía correcto mirar hacia atrás ahora y pensar que, en realidad, no había habido una fuerza potente entre ellos, ¡una fuerza que la hiciera temblar, distorsionara sus pensamientos y retorciera su estómago!

Aunque explorar esos sentimientos con un hombre que la mantenía forzosamente bajo su protección iba totalmente en contra de sus principios. Resultaba muy conveniente para él alegar que la estaba salvando de una situación desagradable al no entregarla a las autoridades locales. Pero aun así no tenía ninguna libertad de movimiento, ni de elección. Teniendo en cuenta que era inocente, que no había hecho nada malo, detestaba ser una víctima de las circunstancias. No era justo.

Tampoco era justo sentirse atraída por un hombre que estaba totalmente fuera de su círculo de relaciones posibles.

Así pues, ¿qué debía hacer ahora?

Emily se empapó la cara con agua fría otra vez, la secó, respiró profundamente unas cuantas veces, estiró sus hombros, y se concentró en elaborar un plan.

Mientras la revisión de sus antecedentes no produjera una información consistente con su propia historia, más valía resignarse a ser la invitada de Zageo, así que ¿por qué no fingir serlo? Una invitada debía ser sociable, mostrar ilusión por la exploración del arrecife de coral virgen alrededor de la isla de Pemba. Pero más importante aún, los deseos de una invitada debían tenerse en cuenta.

Asombrosamente, una vez aceptada la idea de disfrutar, se lo pasó realmente bien. El Fundu Lagoon parecía un refugio magnífico para las vacaciones con sus bungalós hechos de troncos y tejados de hojas de palma, que daban al lugar un aspecto en perfecta armonía con el maravilloso entorno de la isla, al mismo tiempo que ofrecían todas las comodidades modernas y el equipamiento para todos los deportes acuáticos.

Los arrecifes alrededor de la isla eran fantásticos: enormes paredes de coral bajo el agua con toda la colorida fauna marina del Océano Índico. Había multitud de distracciones que hacían que Emily fuera menos consciente del aspecto de Zageo con el brillante traje de neopreno negro, y menos sensible a su propio aspecto con aquella segunda piel.

La tensión sexual que le había resultado tan difícil dejar a un lado en el barco, se disipó mientras estaban bajo el agua compartiendo el placer de lo que encontraban y veían. También ayudó el que tuviera tema de conversación más que suficiente después de bucear, recordando lo que habían visto y comparándolo con sus experiencias en otros lugares.

Almorzaron en el restaurante de la playa, sentados en el balcón con vistas a las aguas color turquesa de la bahía. Devoraron los platos de exquisito pescado asado y diferentes tipos de sabrosas ensaladas, y una fuente de fruta recién cortada.

Emily estaba pensando que era el momento perfecto para una siesta cuando Zageo habló, echando
por tierra la sensación de seguridad que le había dado
su papel de invitada.

–Podríamos retirarnos a uno de los bungalós.

–¿Cómo? –exclamó conmocionada por la sugeren-
cia que evocó de inmediato imágenes de sexo en la
tarde.

–Pareces algo soñolienta –observó.

–Simplemente me siento llena después de una comida tan deliciosa. ¿Vamos a volver a bucear esta tarde?

–¿Te gustaría?

–Supongo que la cuestión es... ¿estás satisfecho?

Él levantó una ceja como si estuviera considerando a qué tipo de satisfacción se refería, y la sensual
expresión de sus labios hacía pensar en cuánta satisfacción adicional a diferentes niveles deseaba.

El corazón de Emily se paró por un segundo, y a
continuación, empezó a latir rápidamente.

–Me refería a tu test. Para comprobar si era una
buceadora profesional. Querías saber si era cierto. Por
eso vinimos aquí, ¿no? Para demostrarte que no estaba mintiendo.

–Era una de las razones –el brillo de sus ojos sugería que había otras razones que le interesaban
más–. Ya no tengo ninguna duda de que te encuentras
a gusto bajo el agua. Pero en cuanto a satisfacción...

Estaba hablando de sexo. Podía sentirlo en el sensual ronroneo de su voz, en el cosquilleo que producía en su piel. Su estómago se contrajo con ansiedad.
Era difícil luchar contra sus propios sentimientos en-
contrados. Con Zageo alimentando el deseo tentador
de sucumbir ante él, apenas podía recordar porque sería un estúpido error hacerlo.

Hannah...

La realidad de la vida...

Deshacerse de complicaciones e ir directamente a donde tenía que estar...

–Stone Town –dijo categóricamente cortando a Zageo, porque su instinto le decía que la posibilidad de verse envuelta en algo de lo que no podría escapar era muy real. Esbozó una alegre y atractiva sonrisa–. ¿Podríamos ir a Stone Town ahora?

Él la miró con curiosidad.

–Tu hermana no está allí, Emily.

–Acabas de hablar de satisfacción, Zageo –prosiguió con mordacidad–. Llevo queriendo ir a Stone Town desde que embarqué en el yate de Jacques Arnault. Aquel viaje me produjo mucho estrés y mi recorrido de anoche a nado y mi caminata a través del manglar tampoco es que fueran una excursión agradable. Ahora estoy aquí, cerca de donde empezó todo, y me siento realmente frustrada por que me estés impidiendo ir allí.

Lanzó un sentido suspiro, y con una elocuente expresión de súplica en sus ojos, agregó:

–Si tan solo pudiera tener la satisfacción de ir al Salamander Inn por mi cuenta...

–¿No me crees, Emily? –inquirió Zageo con una peculiar sonrisa irónica en sus labios.

–No más de lo que tú me crees a mí, Zageo –le replicó ella.

Él se encogió de hombros con una mirada divertida.

–¿Qué razón tendría yo para mentirte?

–Creo que para ti soy una novedad, y puesto que tienes el poder de jugar conmigo, eso es lo que estás haciendo –afirmó sin titubear.

–Una novedad... –él meditó sobre aquella palabra asintiendo con su cabeza mientras expresaba sus pensamientos–: ¿Algo novedoso... o es algo tan viejo como el tiempo? Desde luego, no eres como otras mujeres que he conocido, lo cual me parece intrigante. Pero jugar contigo...

Entornó sus penetrantes ojos inquisitivamente. Emily sintió como si estuviera inmovilizada por su fuerza mental. No podía ni pensar ni moverse. Tenía que esperar a que él la liberara de aquella perturbadora conexión hipnótica.

–Esto no es un juego, Emily –afirmó tranquilamente–. Es un viaje en el que las señales no están muy claras, en el que los giros aún están por decidir, en el que el destino aún no está claro, pero que... yo voy a emprender. Y tú lo emprenderás conmigo.

Una sensación de lo inevitable inundó a Emily. En su mente latía la certeza de que ocurriría lo que él quisiera que ocurriera. Luchaba por imponerse, por afianzarse en la vida que tenía antes de conocerlo a él.

–Bueno, hay una señal muy clara para mí, y es Stone Town –insistió ella–. Así que, ¿por qué no vamos ahora, antes de que nuestro viaje nos lleve a otra parte?

Él se rio de manera desinhibida, echando su cabeza hacia atrás, y haciendo que el pulso de Emily se acelerara por el alivio que representaba la naturalidad de su carcajada, pero extrañamente también por la rebosante felicidad que le producía el que él disfrutara con ella.

–¿Estás segura de que no prefieres descansar primero un poco en uno de esos bungalós? –bromeó coqueteando con su mirada con la promesa de mayores placeres carnales–. Darnos el gusto de descansar y relajarnos bajo el ventilador...

–Con el aire acondicionado de yate estaremos más frescos –razonó ella.

Él arqueó la ceja.

—¿No deseas disfrutar de un poco de calor?

—Aún hará calor en Zanzíbar cuando volvamos.

—¿Por qué elegir una satisfacción en detrimento de otra si puedes tener ambas?

—Como bien dijiste, Zageo, no veo ninguna otra señal clara salvo la de Stone Town.

—Entonces debemos quitarnos Stone Town de en medio para seguir progresando.

Él se puso en pie resueltamente, rodeó la mesa para retirar la silla de Emily y permitir que ella se levantara, y se dispuso a salir. El sentimiento de triunfo por haber ganado esa concesión fue breve. Él la tomó de la mano para atravesar el restaurante y dirigirse al muelle que llevaba al barco, y cuando ella retorció sus dedos en un intento de liberarse, los de él se entrelazaron con los de ella agarrándola más fuerte.

Aún era una cautiva de su voluntad, pensó Emily, aunque él había cedido a sus deseos sobre el próximo destino. Dejar que viera el lugar de encuentro designado por su hermana era probablemente una satisfacción que él podía permitirse. Un desvío sin importancia. El viaje que él quería que emprendieran giraba en torno al contacto físico, y el insidioso calor que desprendía su mano ya estaba empezando a erosionar la determinación de Emily. ¿Qué iba a conseguir en Stone Town?

—¿Cuántos años tenías cuando conociste a Brian, Emily? —preguntó Zageo cuando llegaron al muelle y empezaron a recorrerlo hasta el final, donde una barca a motor estaba esperando para llevarlos al yate.

Su mente aprovechó agradecida esa referencia al hombre que había sido el amor de su vida, recuperando el recuerdo de su primer encuentro para ocultar su confusión del momento.

–Yo tenía catorce años. Sus padres acababan de mudarse a Cairns desde Nueva Gales del Sur, y él empezó a ir al mismo colegio que yo aquel año.

–¿Colegio? ¿Cuántos años tenía él?

Ella sonrió ante la sorpresa en la voz de Zageo.

–Dieciséis. Era alto y rubio. Todas las chicas se enamoraron inmediatamente de él.

–¿Salió con otras antes de elegirte a ti?

–No. Brian se lo tomó con calma. Pero a menudo le pillaba mirándome y sabía que yo era la que le gustaba.

–La que él deseaba –le corrigió sarcásticamente.

A Emily le molestó el punto de vista personal de Zageo sobre algo que desconocía.

–No se trataba solo de sexo –se apresuró a decir ofendida–. A Brian le gustaban muchas cosas de mí.

–¿Qué hay que no pueda gustar?

La réplica ligeramente burlona, acompañada por una pronunciada inclinación de su cabeza para una mejor apreciación, disparó la temperatura corporal de Emily.

–Estoy hablando de la persona que soy por dentro –aclaró ferozmente–. Brian se tomó el tiempo necesario para conocerme. ¡No decidió cómo era con una sola mirada, como has hecho tú!

Aquella acusación hizo a Zageo arquear una ceja.

–Por el contrario, a pesar de las circunstancias, he seguido mirándote, Emily, muchas veces. Y aún estoy recopilando información sobre tu carácter.

–Pero no te importa. En realidad no te importa –replicó airada–. Me habrías llevado a la cama en uno de esos bungalós si hubiera dicho que sí.

–Ya no tienes dieciséis años, y la atracción sexual no atiende a sutilezas.

–Pero yo puedo elegir si quiero aceptar o no.

La mirada que él le dirigió destruyó despiadadamente toda esperanza que ella pudiera tener de ganar un punto a su favor. Emily deseó no haberle desafiado en aquel tema puesto, que estaban de camino al lugar donde un buen número de camarotes estaba disponible para mayor intimidad. No se rebajaría a forzarla. Pero si la atrapaba en otro beso...

Enormemente consciente de su vulnerabilidad al magnetismo sexual de aquel hombre, Emily mantuvo la boca cerrada y su mirada apartada de él durante el trayecto en la barca desde el muelle de la isla hasta el yate. Zageo también se mantuvo en silencio, pero no era un silencio tranquilizador. La sensación de poder que emanaba la irritaba y hacía que su mente estuviera a la defensiva.

Al menos había accedido a llevarla a Stone Town.

Quizás Hannah llegara en cualquier momento. Necesitaba que algún acontecimiento la librase de aquel hombre, y cuanto antes mejor.

Capítulo 5

ZAGEO mantuvo su misterioso silencio hasta después de que les sirvieran café en la sala. Ansiosa por mantenerse apartada de cualquier contacto físico con el hombre que controlaba su conciencia en esos momentos, Emily se había sentado en un sillón junto a la mesa de té. Sin embargo, él se había terminado sentando enfrente de ella, concediéndole un respiro en cuanto a distancia, pero no en cuanto al foco de atención.

Ella estaba escuchando los potentes motores que volvían a llevarlos a Zanzíbar y, mentalmente, los instaba a hacer el viaje lo más rápido posible. Estaba tan absorta con su deseo de que la embarcación los llevara velozmente, que se sobresaltó cuando Zageo habló.

–Entonces... cuéntame la historia de tu relación con el hombre con el que te casaste –la invitó.

Su voz sonaba recelosa, aunque Emily razonó que a él simplemente no le gustaba salir mal de ninguna comparación. Independientemente de su motivación por saber más sobre Brian, ella estaba deseosa de llenar esos momentos de peligro hablando sobre su único amor, rememorando las experiencias compartidas, que no habían tenido nada que ver con el sexo.

Las palabras salieron atropelladamente, describiendo cómo habían pasado de ser novios a seguir ella a Brian en su carrera en el sector turístico, que era una parte importante de la economía de Queensland. Habían trabajado en embarcaciones de inmersión, adquirido habilidad en todos los deportes acuáticos, trabajado en cruceros que recorrían la costa del extremo norte de Australia, tripulado yates de un lado a otro a donde conviniese a los dueños embarcar.

–¿Cuándo te casaste? –preguntó Zageo de forma algo crítica, como si el momento de la boda tuviera alguna relevancia para él.

–Cuando yo tenía veintiuno y Brian veintitrés.

–Un hombre muy joven –murmuró en desaprobación.

–¡Estaba bien para nosotros! –insistió ella.

–El matrimonio consiste en adquirir y compartir propiedades y tener descendencia. ¿Qué tienes de los cinco años que pasasteis juntos?

–El matrimonio también trata de compromiso. Teníamos una vida de aventuras...

–¿Y eso es lo que te queda? ¿Aventura? ¿Caer en manos de un hombre como Jacques Arnault? –señaló Zageo despectivamente–. Tu marido no tomó ninguna precaución para tu futuro, no...

–¡No sabía que iba a morir! –le cortó ella, despreciando su crítica–. El plan era esperar hasta los treinta antes de formar una familia. Después de haber estado en todos los sitios a los que queríamos ir.

–¿Se te había ocurrido que siempre hay otro horizonte?

–¿Qué quieres decir?

Se encogió de hombros.

–Tu Brian actuaba como un adulto jugando a juegos de niños con la ventaja de tener una compañera dedicada. ¿Y si no tenía el espíritu de asentarse y crear un hogar?

–Son las personas las que crean una familia, no un lugar –argumentó ella.

–¿Habrías arrastrado a tus hijos alrededor del mundo con él?

–¿Por qué no? Ver mundo no es nada malo.

–¿No tienes ningún apego a tu país natal?

–Por supuesto que sí. Siempre es agradable volver. Es donde viven mis padres. Pero Brian era mi pareja y a donde quiera que fuera habría ido yo.

Los ojos de Zageo se entrecerraron y, cuando finalmente hizo un comentario, lo hizo con cinismo.

–Una devoción extraordinaria. Por mi experiencia con mujeres occidentales, la antigua postura bíblica de a donde vayas, allí iré yo, ya no está vigente.

–Entonces debo decir que tu experiencia ha sido excepcional. Creo que es lo natural para la mayoría de las mujeres seguir al hombre al que aman. Mi hermana, desde luego, así lo hizo. Cuando se casó con Malcolm, no dudó en irse a vivir con él a su granja en Zimbabue.

–¿Dónde en Zimbabue está la granja exactamente?

–En lo que llaman la alta meseta –respondió Emily inmediatamente, aliviada por adentrarse en un tema menos sensible–. Malcolm representa la tercera generación que trabaja las tierras propiedad de la familia y, aunque han cambiado mucho las cosas en Zimbabue, quiere aferrarse a ellas.

Zageo meneó la cabeza de un lado a otro.

–Dudo que pueda hacerlo. El proceso de recuperación de las tierras de los colonos extranjeros es prioritario para el gobierno.

Emily soltó un respiro.

–Hannah está preocupada por el futuro. Especialmente por las niñas.

–Las dos hijas.

–Sí. Jenny casi tiene edad de ir al colegio, y la escuela local ha cerrado. Sally solo tiene tres años.

–¿Las dos niñas acompañarán a tu hermana a Zanzíbar?

Emily asintió.

–Ese era el plan.

–¿Cómo te fue comunicado ese plan?

–A través de un correo electrónico.

La nube de confusión que le había impedido ver el camino a seguir con claridad se disipó de repente.

–¡Eso es lo que tengo que hacer en Stone Town! ¡Encontrar un café con Internet!

Zageo frunció el ceño.

–Si me lo hubieras dicho anoche, Emily, hay conexión a Internet en el palacio. Todo lo que tenías que hacer...

–No se me había ocurrido antes –le interrumpió, haciendo un gesto impotente de súplica con sus manos–. Fue sorprendente verme arrastrada a un palacio que evocaba imágenes de *Las mil y una noches*, por no hablar de tener que hacer frente y ser examinada por un... jeque.

Una ola de calor le subió por el cuello reflejando su profunda vergüenza por estar tan obsesionada con él, que no podía ni pensar sensatamente y, aún menos, lógicamente. Enormemente consciente del rubor de sus mejillas, se giró para mirar por las ventanas, aparentemente con el propósito de ver cómo se acercaban a Stone Town. Se podía ver el puerto de la ciudad, y su cuerpo entero se crispó de impaciencia por desembarcar.

–Discúlpame mientras hago las gestiones para que un coche nos vaya a buscar al muelle –dijo Zageo.

–¿Un coche? –protestó Emily. Prefería tener una mayor libertad de movimiento–. ¿No podríamos pasear por la ciudad hasta el hotel? He oído que los mercados aquí son increíbles. Además, a menos que sepas dónde hay un café con conexión a Internet...

–No es necesario buscar ninguno. Los servicios de Internet del hotel están a tu disposición. Podemos ir allí directamente para que puedas comprobar si tienes algún mensaje de tu hermana –hizo una pausa antes de continuar para subrayar su argumento–. ¿No era tu prioridad?

–¡Ah! ¡Sí! Gracias –dijo nerviosa, dándose cuenta de que la había arrinconado de nuevo y de que no servía para nada discutir sus planes.

No obstante, montarse en el Mercedes negro que los esperaba en el muelle hizo que se sintiera aún más como una prisionera, atrapada con su captor en un espacio cerrado y forzada a ir al lugar de su elección. Ella quería ver el Salamander Inn y usar el Internet, pero hacerlo bajo la atenta mirada de Zageo tenía automáticamente una connotación que no le gustaba.

El sentido común abogaba por aceptar ser su invitada, recostarse y disfrutar del paseo en un coche de lujo. Pero el problema era que él estaba sentado junto a ella, controlando cada pensamiento y cada sentimiento. Haciendo que fuera intensamente consciente de que él estaba compartiendo su particular viaje, y que su propósito era compartir uno mucho más íntimo con ella. Aparentemente, ella tampoco tenía elección en ello.

Emily estaba tan nerviosa, que incluso trataba de evitar mirarlo, mirando fijamente por la ventana lateral tintada del coche. En un intento desesperado por borrar la imagen perturbadora del jeque Zageo bin Sultan Al Farrahn de su mente, trataba de forzarla a registrar las imágenes que veía.

El problema era que él era demasiado atractivo

para la tranquilidad de espíritu. Absurdamente atractivo porque no pertenecía a su mundo ni ella al suyo. Peligrosamente atractivo porque bastaba su imagen mental para hacerla olvidar cosas que debería de recordar.

–Pirámides –murmuró Emily, concentrándose profundamente en los puestos del mercado alineados a ambos lados de la calle por la que conducían.

–¿Cómo dices?

Ella resopló por haber roto el silencio que probablemente era mejor conservar si quería conseguir mantener a Zageo a distancia.

–Los tenderos han apilado sus frutas y verduras formando pirámides. Nunca lo había visto antes. Supongo que debe ser influencia egipcia. Aquí la gente parece un crisol de razas –balbuceó sin mirarlo, con su atención puesta en el exterior del coche–. Hasta ahora he visto un templo hindú, el minarete de una mezquita y la aguja de una iglesia cristiana, todas en un área de unos cien metros.

–Egipcios, fenicios, persas, indios, africanos del Este del continente, mercaderes de Arabia Saudí, incluso chinos han visitado Zanzíbar y se han instalado aquí –le explicó Zageo de manera relajada–. Y luego, por supuesto, los portugueses tomaron el control de la isla durante dos siglos. Todos ellos han tenido alguna influencia en la vida y la cultura local, incluida la religión.

Lo de los portugueses llamó la atención de Emily. Había pensado que Zageo parecía español, pero quizás su genealogía provenía del país vecino.

–¿Eres medio portugués? –preguntó. Su curiosidad hizo que lo mirara directamente.

Él sonrió, haciendo que la mitad de su cerebro se bloquease, que el latido de su corazón se acelerase y sintiera de nuevo una contracción en su estómago como si hubiera recibido un puñetazo.

—Mi bisabuelo por parte de madre era portugués –respondió finalmente–. Mi bisabuela era medio india medio británica. Una mezcla interesante de razas ¿no crees?

—¿Tu padre es árabe? –la mitad del cerebro que aún funcionaba le decía que un jeque no podía serlo sin tener un padre que fuera puramente árabe.

Él asintió.

—Sí, pero su abuela era francesa. Somos una familia muy internacional.

—Una familia internacional muy rica –añadió Emily, pensando que lo de ser jeque probablemente tenía más que ver con quién poseía los pozos de petróleo.

Él se encogió de hombros.

—Riqueza que ha beneficiado a nuestra gente. Continuamente invertimos el dinero para consolidar la riqueza que tenemos y asegurar que, en el futuro, no se produzca un paso atrás. No hay nada malo con la riqueza, Emily.

—No he dicho que lo haya. Simplemente da la casualidad de que representa un enorme abismo entre tu situación y la mía. Y mientras tú das por sentado todo esto... –ella señaló al chófer uniformado y el lujoso interior del Mercedes– yo odio no poder pagar para hacer las cosas a mi manera –una intensa necesidad de independencia de él hizo surgir otros resentimientos–. Odio no tener mi propio dinero, mi propia tarjeta de crédito, mi propia...

—¿Libertad para hacer lo que quieras?

—¡Sí!

—¿Entonces, por qué no sentirte libre para estar conmigo, Emily? Es lo que quieres –afirmó con aquella insidiosa voz aterciopelada.

Los ojos de Zageo se burlaban de cualquier intento de desmentirlo. Emily luchaba por encontrar algo que sonara lo suficientemente sensato para refutar su certeza.

–Lo que queremos no siempre es lo mejor para nosotros, Zageo. Incluso tú, con toda la libertad que te proporciona tu riqueza, tienes que haberte dado cuenta de esta verdad en algún momento.

–Ah, pero ni intentarlo siquiera... satisfacer el deseo... ¿Cómo puede uno juzgar adecuadamente sin aprovechar la oportunidad de experimentarlo?

–No tengo que poner mi mano sobre el fuego para saber que me quemaré –le rebatió apartando su mirada del deseo que chisporroteaba en la suya.

–¿Prefieres quedarte fría que acercar tu mano, Emily? ¿Y qué hay del calor que promete? La sensación de bienestar físico, el placer...

Su estómago se retorció al pensar en el placer sexual que él podría proporcionarle. Aterrada por lo mucho que deseaba probarlo, Emily aprovechó la primera distracción que vio cuando el Mercedes empezó a recorrer un estrecho callejón.

–Las puertas... –incluso en aquellas casas más humildes de la parte antigua de Stone Town, estaban minuciosamente talladas y tenían incrustadas protuberancias de hierro o cobre–. ¿Por qué se les da ese aspecto tan intimidatorio?

–Los tachones se diseñaron para evitar que los elefantes entraran a empujones.

–¡Elefantes! –Emily lo miró incrédula–. ¿Me estás diciendo que hay elefantes destrozándolo todo en Zanzíbar, incluso en la ciudad?

–No –él sonrió de oreja a oreja por haber atraído su interés de nuevo–. Nunca ha habido elefantes en Zanzíbar. Las puertas fueron elaboradas originalmente por artesanos indios, que trajeron el diseño de su país de origen hace siglos. Por lo visto, el estilo resultó atractivo y ha perdurado hasta hoy en día.

Ella frunció el ceño pues, a pesar de su elaborada artesanía, no le gustaban.

–Dan la sensación de una fortaleza fuertemente protegida.

–Son muy populares entre los turistas –le informó–. Constituyen una de las principales exportaciones de Zanzíbar.

–¿Y las especias? ¿No es conocida esta isla por su comercio de especias?

–Desafortunadamente, Zanzíbar ya no tiene el monopolio del cultivo y venta de clavo. Indonesia, Brasil, e incluso China son los mayores productores ahora. La isla tiene plantaciones, por supuesto, pero ya no son esa fuerza económica que eran antes.

–Es bastante triste perder lo que la hizo única –comentó Emily.

–La época dorada de Zanzíbar no estuvo basada solamente en el comercio del clavo, también en el marfil y los esclavos, ninguno de los cuales es deseable –dijo mirándola fijamente–. El pasado es el pasado, Emily. Uno tiene que seguir adelante.

Las palabras fueron un golpe seco para su corazón. Eran palabras que ella se había repetido muchas veces desde que enviudó. Zageo estaba usándolas deliberadamente como un mensaje personal. Pero cualquier viaje con él llegaría a un callejón sin salida, obligándola a seguir adelante de nuevo. Por otro lado, ella no se arrepentía en absoluto de su matrimonio. Tal vez tampoco se arrepintiera de un coqueteo sexual con aquel jeque.

Miró fijamente sus manos, apretadas la una contra la otra sobre su regazo. Automáticamente pasó los dedos de su mano derecha por donde había llevado la alianza en el dedo anular de su mano izquierda. ¿De qué tenía miedo? La famosa modelo, Veronique, lo había tenido como amante. ¿Por qué no iba a poder ella? No traicionaba su amor por Brian. Era algo diferente. Una experiencia diferente.

Excepto que no podía olvidar cómo había perdido el control cuando la besó. Otorgarle ese poder exigía una enorme confianza en él y ¿cómo podía confiar en un hombre al que solo hacía un día que conocía? Actuar despreocupadamente, por pura atracción, no parecía apropiado por muy fuerte que fuera la atracción y por mucho que dijera Zageo.

Tomó un profundo suspiro, levantó la vista y se concentró de nuevo en el mundo exterior.

–¿Cuánto queda para llegar al Salamander Inn? –preguntó mirando los ruinosos edificios.

–No estamos lejos. Quizás otros cinco minutos.

–¿Para qué construir un hotel caro en este lugar?

–Es la parte más histórica de Stone Town, y a los turistas les gusta la idiosincrasia local. Vienen a Zanzíbar por su exótico pasado, y porque el propio nombre evoca el romanticismo oriental, como Mandalay y Katmandú –sonrió–: Sultanes, esclavos, especias... una potente combinación.

–Para atraer el dinero del turista.

–Sí –reconoció entretenido con su forma de eludir cualquier cosa personal–. Y de ese modo, estimular la economía de la isla y crear más empleo.

–¿De modo que este hotel es una benévola iniciativa tuya? –dijo medio burlándose para exasperarle.

–Soy benevolente por naturaleza, Emily. ¿Acaso no he evitado que te encerraran dándote el beneficio de la duda? ¿Y acaso no he simpatizado con tu preocupación por el paradero de tu hermana, ofreciéndote medios para comunicarte con ella gratuitamente? –sus ojos brillaron al añadir provocativamente–: Solo te deseo lo mejor.

Era inútil tratar de quedar por encima de él. Era el tipo de hombre que siempre tenía que salir ganando.

El coche se detuvo delante de su hotel.

Sin duda, podía pedir la habitación que quisiera para su uso personal. Emily trataba desesperadamente de convencerse de que solo estaban aquí para usar el ordenador, pero la sensación de estar entrando en la guarida del lobo al entrar en el vestíbulo acompañada por Zageo la invadió... y de pronto se paralizó totalmente. ¡Justo delante de ellos, dando órdenes impacientemente a un botones sobre cómo llevar su equipaje, estaba la asombrosamente hermosa y glamurosa modelo franco-marroquí Veronique!

Emily no podía dejar de mirar a aquella mujer: la larga y lustrosa melena oscura, la perfecta piel café con leche, los exóticos ojos color chocolate aterciopelado enmarcados por espesas pestañas, la nariz aristocrática, los voluptuosos labios, y una barbilla limpiamente esculpida que se elevó con arrogancia al ver a Zageo del brazo de otra mujer.

Emily se sintió repentinamente como una vulgar campesina con su falda de algodón, camiseta informal y sandalias planas. Además, su larga melena no estaba precisamente bien peinada después de haberse sumergido bajo el agua, y del maquillaje, ni rastro.

La puesta en escena de Veronique era espléndida. Su delgada figura estaba envuelta en un increíblemente sexy y elegante vestido de diseño de seda marrón oscuro con lunares color crema. Las sandalias de tiras y tacón alto tenían tanto estilo, que cualquiera con pasión por los zapatos las habría codiciado. El sutil maquillaje resaltaba su estructura facial, sus uñas estaban pintadas de un color crema perlado, y su lustroso pelo negro hacía parecer el de Emily como si fueran colas de rata

–Veronique... qué sorpresa –dijo Zageo con su peligrosa voz aterciopelada. Claramente, no era una sorpresa agradable.

–Tu llamada de anoche parecía un grito de guerra, *cheri* – canturreó con un cálido tono que invitaba a disfrutar de su presencia.

«¿La había llamado la noche anterior?» Emily le dirigió una mirada inquisidora. ¿Le había mentido sobre la ruptura de la relación con Veronique?

–Entonces, no me estabas escuchando –afirmó con frialdad.

Los increíbles ojos de la modelo brillaron de ira. Miraron a Emily y después a Zageo con la feroz determinación de luchar.

–Te equivocaste al pensar que no quería estar contigo. He venido para corregir el malentendido.

Estaban llamando la atención de la gente del vestíbulo.

–Una conversación privada debe mantenerse en privado –advirtió Zageo severamente, haciendo una señal al hombre de la recepción.

El hombre sacó una llave y los acompañó hasta una puerta al otro lado del vestíbulo. Eran las dependencias del director gerente, una oficina con una sala de estar para atender a los clientes.

Veronique se adelantó, caminando arrogantemente como si desfilara por una pasarela, un andar que automáticamente atraía miradas. Era una estrella, actuando como una estrella, quizás con el propósito de recordar a Zageo quién era ella.

–Puedo esperar aquí fuera –sugirió Emily, para no ser testigo de una discusión de pareja, y aprovechar lo que parecía el momento oportuno para escabullirse por completo.

–*Oui* –dijo bruscamente Veronique por encima de su hombro.

–*¡Non!* –fue la tajante réplica de Zageo, quien forzó a Emily a entrar al interior–. La señorita Ross es mi invitada y no voy a tener la descortesía de abandonarla por ti, Veronique.

No era una descortesía, pensó Emily, pero de nuevo, no tuvo elección. La decisión de Zageo fue recalcada al cerrar la puerta tras ellos.

Veronique se volvió hacia él con ojos chispeantes de furor.

–¿Prefieres a esta mujer antes que a mí?

A primera vista, la preferencia parecía una locura total en opinión Emily, así que no se ofendió, aunque su orgullo femenino le decía que para tener una relación duradera, como la que había tenido con Brian, tenía que haber algo más que cosas superficiales. Dos años eran el tiempo en que normalmente desaparecía la pasión, pensó Emily.

Zageo ignoró la pregunta, inquiriendo suavemente:

–¿Cómo has llegado tan rápidamente a Zanzíbar desde París?

Ella apartó su melena de pelo con un movimiento bien estudiado.

–No eres el único hombre que conozco que tiene un avión particular.

Fue un intento de ponerle celoso, una desgraciada equivocación, que tan solo consiguió una respuesta brusca y desdeñosa.

–¡Bien! Entonces no tendrás ningún problema en volverte mañana.

Veronique hizo un gesto de desaprobación con las manos.

—¡Esto es absurdo!

—Sí, lo es —admitió él—. Te comuniqué mi postura en términos inequívocos. El que hayas venido no cambiará las cosas.

—Pero tú malinterpretaste mi decisión de no acompañarte, Zageo —hizo un elocuente gesto de súplica—. Quería que me echaras de menos. Que te dieras cuenta de lo bien que estamos juntos. Quería que te plantearas casarte conmigo.

—¿Cómo? —exclamó él con un tono de gran incredulidad—. Nunca he sugerido que el matrimonio fuera posible entre nosotros —vociferó levantando sus manos airado de exasperación. Emily aprovechó para soltarse y apartarse de la línea de fuego entre los dos adversarios acercándose al sofá de la pared.

—Eso no significa que no pudiera ocurrir —argumentó Veronique.

—No te he dado pie a pensarlo en ningún momento. Lo que teníamos era un acuerdo, Veronique, un acuerdo que nos convenía a los dos. Sabes que era así. Quizás no te convenga que se acabe, pero te aseguro que este intento por alargarlo es inútil.

—¿Por ella? —dirigió una mirada despectiva a Emily.

Esa era una buena pregunta, pensó Emily, llena de curiosidad por conocer la respuesta, ya que la pelea entre Veronique y el jeque acababa de ocurrir la noche anterior.

—Porque ha llegado el momento —replicó Zageo, dirigiéndose a Emily al tiempo que con vehemencia recalcaba el argumento con su mirada—. Ya lo había decidido antes de que la señorita Ross apareciera en mi vida.

Curiosamente, era un alivio escuchar aquello. Ser la causa de la ruptura de una larga relación no le habría resultado cómodo, aunque no hubiera hecho nada en absoluto para contribuir a ello.

–Pero has dejado que endulce la decisión, ¿no es así? –lo acusó furiosa–. Ella es la razón por la que no me aceptas de nuevo. ¿Qué tiene ella que no tenga yo, Zageo? ¿Qué te da ella que yo no te haya dado?

Las mejillas de Emily ardían. «Nada», pensó. Odiaba verse arrastrada a algo que, desde luego, no era asunto suyo. Pero Zageo aún la estaba mirando, y sus ojos ardían de deseo por ella, haciendo que el corazón se disparara en su pecho, que su estómago le diera un vuelco y que el caos se hiciera dueño de su mente al tratar de controlar unas respuestas que la volvían loca.

–¿Cómo se pueden comparar un clavel de invernadero con un nenúfar salvaje? –explicó en un tono más suave que puso a Emily la piel de gallina–. Sería absurdo tratar de medir las diferencias. Cada una tiene su propio atractivo.

¿Un nenúfar? Emily no estaba acostumbrada a oír un lenguaje tan florido en un hombre, pero su corazón latía con fuerza en respuesta a pesar de que trataba de razonar que aquello era definitivamente cosa de *Las mil y una noches*, completamente surrealista, y que no podía dejarse llevar por ello.

Por fin la liberó la penetrante mirada de Zageo, que volvió a posarse en la mujer que había sido su amante tan recientemente.

–Por favor... no te rebajes con estas humillaciones –la exhortó, haciendo un llamamiento para que cesaran las hostilidades personales–. Nuestro tiempo juntos se ha acabado. Ayer es ayer, Veronique. Mañana es mañana.

–¿Ves cómo va esto? –advirtió a Emily indignada por la comparación que ella misma había provocado con su discurso–. Seguro que, como yo hice, has perdido la cabeza por él. Pero solo durará mientras que el acuerdo tácito le convenga. Puede que no parezca árabe, pero en el fondo lo es.

–Un árabe cuya generosidad estás poniendo a prueba –una mirada despiadada acompañó la advertencia–. ¿Quieres continuar con esta escena de rencor o quieres el apartamento de París?

Veronique apartó de nuevo su pelo con un grácil movimiento de cabeza al volver a poner su atención en él con desprecio.

–Estaba haciéndole un favor a la señorita Ross, Zageo, al informarla del resultado final para que no deje que tu belleza la ciegue.

–Estás intentando envenenar algo que no comprendes –se limitó a comentar–. Decide, Veronique.

La amenaza forzó a la modelo a evaluar la situación. No estaba ganando y, a pesar de su condición de estrella, el jeque Zageo bin Sultan Al Farrahn era la persona más influyente de Zanzíbar, y tenía la capacidad de hacer su visita realmente desagradable. El caso era que no había sido bienvenida, y que había agotado la paciencia de su interlocutor, haciendo que se sintiera menos bienvenida aún.

Respiró profundamente para tranquilizarse, y apartó la máscara de orgullo que cubría sus emociones.

–No podía creer lo que me dijiste anoche –explicó en un tono de súplica más conciliador–. Vine para arreglar las cosas.

No cambió nada. Él simplemente replicó:

–Siento que te hayas tomado la molestia.

Probó con un suspiro de arrepentimiento pidiendo perdón con sus manos:

–De acuerdo, di nuestra relación por sentada, no lo volveré a hacer.

Él no dio ni una señal de ablandamiento y continuó implacable:

–Si de verdad la hubieras valorado, habrías tomado decisiones diferentes.

–Tengo pases de modelos programados para los próximos tres meses –se excusó rápidamente.

–Te ofrecí mi avión privado para asistir.

Él no le estaba dejando ni un milímetro de espacio de maniobra. Veronique no tenía otra elección que aceptar que su relación se había acabado. Emily, habiendo sido privada de elección ella misma, sintió una punzada de simpatía hacia ella.

–Me quedaré con el apartamento, *cheri* –decidió finalmente, añadiendo con un tono de amarga ironía–: Me gusta.

Él asintió.

–Considéralo hecho. Informaré al director gerente de que serás mi invitada en el hotel hasta que vuelvas a París. ¿Mañana?

–*Oui*. Mañana dejaré todo esto atrás.

–¡Bien! –Zageo se dirigió al escritorio para llamar al director gerente a través de la línea interna.

Ocultando su resignación a aceptar el regalo de despedida, Veronique sometió a Emily a una feroz mirada llena de resentimiento, que sugería que si la modelo pudiera infligir algún daño a su sustituta a hurtadillas, no dudaría en arrancar el nenúfar y disfrutar haciéndolo pedazos.

Emily se alegraba de que la modelo se fuera de Zanzíbar al día siguiente. Tenía suficientes problemas sin tener que lidiar con la furia de una mujer despreciada. Además, la culpa de aquella situación no era suya. Zageo lo había dejado muy claro. Por otro lado, habría quedado mucho más claro si él no hubiera hecho la llamada del adiós la noche anterior.

El director gerente del hotel llamó a la puerta, entró en aquella habitación cargada de tensión, cerró la puerta tras de sí con recelo y esperó a recibir más instrucciones del jeque. Zageo señaló el ordenador sobre el escritorio, indicando que escribiera la clave para acceder a Internet. Eso hizo recordar a Emily el propósito que los había llevado allí. Le asombró que Zageo, a diferencia de ella, no se hubiera olvidado.

Una vez atendida su petición, Zageo rogó al director gerente que acompañara a Veronique a la habitación de invitados y se asegurara de que se atendían sus deseos. La tensión dominante en la habitación desapareció con la modelo, y Emily se quedó con la sensación de ser un débil nenúfar atrapado a la espera de la fuerte corriente que inevitablemente brotaría de Zageo.

Él hizo un gesto para que se acercara al escritorio, donde ya estaba tecleando en el ordenador. Emily suspiró profundamente y se adelantó, intentando desesperadamente no olvidar que contactar con su hermana era más importante que el contacto con Zageo. Hannah era la razón por la que estaba allí. No podía dejar que la inapropiada atracción hacia aquel hombre nublara la cuestión.

Ocupó la silla que le ofreció Zageo frente al ordenador. Sus dedos teclearon de forma automática lo necesario para acceder a su correo electrónico. La tensión en su pecho se alivió al alejarse Zageo para no entrometerse en su correspondencia privada.

Emily no sabía si eso quería decir que por fin creía su historia o si simplemente se trataba de cortesía por su parte, pero tampoco le preocupaba. Un mensaje de Hanna apareció en la pantalla. Estaba fechado el mismo día que Emily se despertó en el yate de Jacques, después de haber sido drogada, para encontrarse con que no tenía ninguna esposa a bordo, que ella era la única tripulante y que ya estaban en alta mar.

Emily, espero que este mensaje te llegue antes de que te embarques dirección a Zanzíbar. No llegaré.

No puedo. No llegamos muy lejos antes de toparnos con una patrulla armada. Sin importarles mis alegaciones, nos confiscaron todo y llamaron a Malcolm para que nos recogiera a mí y a las niñas. Ahora estamos todos bajo arresto domiciliario. No se nos permite dejar la granja para ir a ningún sitio. Medio espero que corten las líneas telefónicas, así que si no recibes otro mensaje mío es porque habrán cortado toda comunicación exterior.

Tengo miedo Emily. Nunca he tenido tanto miedo. No me importa quedarme con Malcolm, pero ojalá hubiera podido sacar a las niñas de aquí. Tú podrías haberlas llevado a casa de papá y mamá en Australia. Hay tantos disturbios en el país, y no sé si los problemas se solucionarán o empeorarán.

En cualquier caso, siento que no pueda reunirme contigo. Y por favor, no pienses que puedes venir y hacer algo, porque no puedes. No serviría de nada. Así que mantente alejada. ¿Entendido? Te contaré lo que está pasando si puedo. Te quiero, Emily. No podía haber tenido mejor hermana pequeña. Adiós por ahora. Hannah.

Emily no se dio cuenta de que había dejado de respirar mientras leía las palabras en la pantalla. Conmoción y miedo inundaron su mente. Aquel era el último mensaje de su hermana. El último. Era de hacía una semana. Siete días de silencio.

–¿Emily? ¿Pasa algo?

Levantó la mirada y vio a Zageo mirándola con preocupación. Al tiempo que su mente trataba de resolver la situación de Hannah, empezó a expulsar el aire retenido en sus pulmones. Tenía la boca demasiado seca para hablar. Necesitaba humedecerla.

–Hannah es una prisionera en su propia casa –consiguió articular finalmente. En su interior se reía cruelmente de sí misma por denostar ser prisionera de Zageo. Eso era una broma comparado con lo que estaba pasando su hermana, bueno, su hermana, sus sobrinas y su cuñado.

–Podrían estar muertos, por lo que sé –farfulló desesperadamente.

–¿Muertos?

–¡Léelo tú mismo! –exclamó saltando de la silla para empezar a dar vueltas frenéticamente por la habitación y dar con algo que pudiera ayudar a Hannah.

–¿Querías una prueba de mi historia? ¡Pues ahí la tienes, en la pantalla!

Aceptando la invitación a informarse por sí mismo, él se acercó al escritorio.

Emily siguió paseándose de un lado a otro mientras su mente daba vueltas a la cuestión de cómo poner a salvo a Hannah y su familia, fuera de Zimbabue si fuera posible. Ella no tenía ni el poder ni los medios para conseguirlo por sí misma, pero ¿y la embajada australiana? ¿Podría alguien de allí ayudar o, por el contrario, la diplomacia impediría cualquier acción directa?

Necesitaba a alguien fuerte que pudiera actuar... que actuara...

–No son buenas noticias –murmuró Zageo.

«Eufemismo del año», pensó Emily mordazmente. Sin embargo, el comentario atrajo su atención hacia el hombre que organizaba su mundo exactamente como lo quería, que ejercía su control sobre ella sin atenerse a ninguna otra autoridad más que la suya propia. Se paró y lo miró larga y firmemente. ¡Lo que antes era un aspecto muy negativo de él le parecía ahora algo maravillosamente positivo!

Quizás... solo quizás... el jeque Zageo bin Sultan Al Farrahn pudiera conseguir lo que ella no podía.

Veronique había mencionado que tenía un avión privado. Casi seguro que tenía un helicóptero también, razonó Emily. Con pilotos listos para pilotarlos.

Seguro que tenía importantes contactos entre la clase política de los países en los que había invertido grandes sumas de dinero para construir su cadena de hoteles. Aparte de eso, su enorme riqueza probablemente podía conseguir la entrada y salida de cualquier lugar por medio del soborno.

Zageo la quería en la cama con él. Emily no tenía ninguna duda sobre ello. En su día también había querido a Veronique en su cama, y por satisfacer ese deseo había estado dispuesto a darle un apartamento en París que seguramente valía millones de dólares.

Una pequeña risa histérica resonó en la mente de Emily. Jacques había intentado venderla al jeque a cambio de su libertad, y allí estaba ella ahora planeando venderse al jeque a cambio de la libertad de su hermana. Lo que la convertiría en la prostituta por quien él la tomó inicialmente. Pero Emily decidió que no le importaba. Haría cualquier cosa por la seguridad de Hannah y su familia. Intentaría el trueque.

Capítulo 6

ZAGEO se separó de Emily tan pronto como llegaron al palacio. Quería aliviar su angustia en lo posible averiguando si la familia Coleman había sobrevivido a la semana pasada. Había dado instrucciones a Abdul para que hiciera averiguaciones en Zimbabue, así que quizás ya hubiera conseguido alguna información útil.

Zageo ya no tenía dudas de que Emily había estado diciendo la verdad, y lo que había aprendido sobre ella la hacía una mujer más fascinante y deseable, una mujer que, desde luego, no quería dejar marchar de su vida tan pronto.

Le había dicho que se reunirían para cenar, y esperaba poder darle alguna noticia para disipar la preocupación de sus ojos. Quería que viera que era bueno ganarse su favor. Quería que lo mirase con el mismo deseo profundo y compulsivo que él sentía por ella. Y quería que sucumbiera a ese deseo.

Abdul estaba en su oficina, como siempre. Se sentía más en casa en su centro de comunicaciones que en ningún otro sitio. Era increíblemente eficiente llevando el control de los intereses empresariales y personales de Zageo. Si no disponía de la información requerida, la buscaba implacable hasta conseguirla.

–La familia Coleman... –inquirió Zageo una vez intercambiadas las correspondientes cortesías.

Abdul se recostó en el respaldo de la silla tras su escritorio y juntó sus manos sobre el pecho a modo de oración, lo cual indicaba que había decidido que el asunto entraba dentro del área diplomática.

–La M de los archivos del Salamander Inn es de Malcolm. Su esposa se llama Hannah. Tienen dos hijas pequeñas...

–Sí, sí, lo sé –le interrumpió Zageo, contándole rápidamente lo que decía el correo electrónico que había leído en el hotel para poner a Abdul al día sobre la situación–. La cuestión es... ¿Están vivos?

–A día de hoy, sí –respondió Abdul para alivio de Zageo.

No podía imaginarse a una Emily receptiva hacia él si estuviera de duelo por la muerte de personas que él no conocía. Querría volver a casa de sus padres en Australia y, sinceramente, él la dejaría ir.

–Sin embargo... –continuó Abdul con inquietud– diría que están en situación de peligro. Malcolm Coleman ha estado protestando muy activamente contra las políticas del régimen. Su nombre figura en una lista de enemigos públicos que deberían ser silenciados.

–¿Es inminente el peligro?

–Si le preocupa su seguridad, creo que hay tiempo para maniobrar, si es lo que desea.

–Sí, lo deseo –replicó Zageo categóricamente.

Hubo una larga pausa mientras Abdul interpretaba la respuesta del jeque.

–¿Debo entender que la señorita Ross se quedará con nosotros más allá del lunes, Su Excelencia?

–Puesto que la familia de su hermana puede ser rescatada, sí, he decidido que la compañía de la señorita Ross me complacerá enormemente en este viaje por nuestras propiedades africanas.

–¡Ah! –Abdul asintió unas cuantas veces y resopló

antes de tratar el problema que planteaba la familia de Emily–. Será necesario actuar con rapidez. Están presionando a Malcolm para que renuncie a sus tierras y abandone el país, pero él insiste en no ceder. En desafiar la presión.

–Con el propósito de defender lo que considera suyo –interpretó Zageo.

Abdul extendió sus manos en un gesto equitativo.

–Es una finca grande y rentable que ha pertenecido a su familia durante tres generaciones. Es natural que un hombre quiera aferrarse a su hogar.

–No habrá ningún hogar si él y su familia mueren –comentó Zageo inexorable–. Hay que persuadirle para que acepte la realidad.

–Exactamente. Aun así, irse sin ninguna recompensa...

–Mira a ver si podemos comprar el terreno. Eso le permitiría marcharse con su orgullo intacto al proporcionarle los recursos financieros que podría necesitar para volver empezar en otro país y seguir siendo un triunfador a los ojos de su mujer e hijas.

–¿Quiere adquirir una propiedad en Zimbabue? –le cuestionó Abdul algo incrédulo.

–Brevemente. Quizás pueda utilizarse como moneda de cambio para conseguir sacar sin incidentes a la familia Coleman del país. Encuentre a alguien del régimen que acepte favores, Abdul. La idea de conseguir una propiedad productiva sin pagar un céntimo puede resultar atractiva. Una cosa a cambio de la otra.

–¡Ah! Una solución diplomática.

–A puertas cerradas.

–Por supuesto, Su Excelencia.

Zageo se relajó, bastante confiado en que su plan se podría llevar a cabo. Esa noche le diría a Emily que la familia de su hermana estaba a salvo y que había puesto en marcha las gestiones necesarias para sacarlos de su peligrosa situación. Entonces, ella querría quedarse con él. Querría saber de primera mano el resultado del plan de rescate. Era posible que no se sometiera a su voluntad, pero... Zageo decidió que la mejor manera de ganarse su sumisión era ganándose su favor. De hecho, sentiría gran satisfacción organizando el encuentro entre Emily y su hermana. No podría ser en Stone Town. Él tenía que seguir adelante. Pero le daría a Emily Ross aquello por lo que había ido allí.

De vuelta en las habitaciones de mujeres del palacio, Emily no perdió tiempo para ponerse a organizar lo que quería hacer. Zageo había dicho que cenarían juntos. Con la imagen de Veronique aún viva en su mente, estaba claro que convertirse en la querida de Zageo requería arreglarse perfectamente, con un maquillaje sutil y una vestimenta sexy. Puesto que en su equipaje no había nada que pudiera describirse como seductor y tentador...

—El baúl con los trajes para la danza del vientre... ¿aún lo tienes, Heba?

—Sí. ¿Se lo hago traer?

Emily asintió.

—Veamos si podemos encontrar algo realmente erótico dentro.

Eso era lo que se había esperado Zageo la noche anterior, así que lo tendría esa noche. Emily pensó que una clara muestra de su intención valía más que mil palabras.

Eligió un vestido rosa fuerte con tiras de cuentas negras y plateadas. El sostén estaba diseñado para mostrar un gran escote. La falda era ceñida a la cadera, trasero y parte superior de los muslos, desde donde partían varios cortes para permitir a las piernas libertad de movimiento. Los bordes de los cortes también estaban bordados con cuentas, haciéndolos muy llamativos a la vista.

—Es un traje descarado —comentó Heba algo crítica.

—Tengo que ser descarada esta noche —murmuró Emily sin importarle lo que las mujeres que la atendían pensaran. Solo le importaba una cosa, y era conseguir que el jeque hiciera algo sobre Hannah y su familia.

Ella se había armado de valor para cumplir con su parte del intercambio, pero cuando llegó la hora de ir a cenar, un temblor nervioso se apoderó de su cuerpo. Lo que se había propuesto hacer no era propio de ella. Pero tenía que hacerlo. Si algo malo le pasara a Hannah y ella no hubiera hecho nada para ayudarla, no se lo perdonaría jamás.

Además, no era que no se sintiera atraída por Zageo. Acostarse con él bien podía ser una experiencia fantástica. No podía ni imaginar que él quisiera una relación duradera con ella. La asombrosamente bella y glamurosa Veronique tan solo había captado su interés durante dos años. Emily se imaginaba que sería una novedad por un breve periodo de tiempo, probablemente lo que durase la gira por los hoteles Al Farrahn. Una vez él retornara a su habitual vida social, ella sería simplemente un pez más en el agua, y sin duda la dejaría.

Así que, ¿qué suponían unos cuantos meses de su vida comparado con las vidas de Hanna y su familia? No tenía compromisos. No había nada que le impidiera ofrecerse como compañera de cama a un hombre.

En el baúl de los vestidos también había una capa de seda negra, que Emily usó para cubrirse mientras la llevaban hasta el apartamento privado del jeque. Fue acompañada a la misma opulenta sala de estar en la que Zageo había requerido su presencia la noche anterior. Él se había puesto de nuevo su vestimenta de jeque, larga túnica blanca y sobretodo morado bordado en dorado, una vestimenta que le hacía parecer tan ajeno a su mundo que la ponía aún más nerviosa.

Sin embargo, no iba a impedir que hiciera lo que tenía que hacer. En el momento en que se cerró la puerta, se quitó la capa, decidida a ir al grano. Sin embargo, en lugar de despertar el interés de Zageo, su aspecto con aquel provocativo vestido hizo que frunciera el ceño.

–¿Qué es esto? –exigió con un tono áspero y sus ojos fijos en los de ella con penetrante intensidad–. Dijiste que los trajes no te pertenecían.

–¡Y no me pertenecen! Solo pensé que... –tragó saliva, tratando de evitar que su garganta se agarrotase–. Pensé que te agradaría verme vestida así.

–Agradarme... –pronunció la palabra como si fuera un extraño concepto cuyo significado tenía que analizar. Recorrió las curvas desnudas de su cuerpo, aparentemente sospechoso de su promesa sexual.

El corazón de Emily latía en sus oídos haciendo difícil pensar con aquel caótico tamborileo. Se dijo a sí misma que debía caminar hacia él meciendo sus caderas como una bailarina, mostrándose dispuesta a invitarle a tocar, besar, hacer lo que le complaciera. Una mujer sexy deslizaría sus brazos alrededor de su cuello, presionaría su cuerpo contra el suyo y usaría sus ojos coquetamente. Era estúpido quedarse clavada en el sitio casi sin poder respirar, y mucho menos mover sus pies.

–¿Por qué estarías dispuesta a complacerme de repente?

Su voz estaba llena de desagrado. Ella tembló. Estaba tan profundamente confusa, que no sabía qué hacer o decir. Levantó sus manos en un impotente gesto de súplica ante la necesidad de llegar hasta él. Pero ahora tenía miedo de ser rechazada.

—Te has pasado las últimas veinticuatro horas dispuesta a poner distancia entre nosotros —le recordó con burla.

Sus mejillas ardían de la vergüenza. Lo que había planeado era propio de una prostituta. El propósito era demasiado descarado. Ella no pensó que le fuera a importar mientras le diera la satisfacción de tener lo que quería. Pero mientras él se acercaba a ella, la irónica sonrisita de sus labios hizo que sintiera que había perdido cualquier respeto que hubiera ganado hasta ese momento.

—¿Qué ha podido inspirar este cambio de actitud ahora? —inquirió él burlándose con sus brillantes ojos oscuros de cualquier intento de evasión—. ¿Ha sido la confirmación de que mi relación con Veronique se ha terminado?

—Eso... eso ayuda —balbuceó al darse cuenta de que la ruptura sí que había contribuido bastante a su idea. Aunque no la justificaba. No, era su desesperación lo que la había llevado ello y, de repente, Emily temió que a Zageo le pareciera ofensivo.

Él se puso detrás de ella y apartó su larga melena para susurrarle al oído:

—Así que... ahora estás lista para embarcarte en este viaje conmigo. Quieres embarcarte. Quieres sentir mis caricias sobre tu piel —recorrió con sus dedos su espina dorsal—. Quieres que te saboree —recorrió su cuello con sensuales besos—. Déjame oírte diciéndolo, Emily.

Sus manos se habían deslizado hacia sus costados

y la presionaban de forma intermitente haciendo que corrientes de tensión recorrieran su cuerpo. Aspiró un poco de aire y empezó a pronunciar las palabras necesarias:

–Puedes... puedes hacer... lo que quieras conmigo...

–No, no, eso suena demasiado pasivo –la interrumpió antes de que pudiera terminar de explicar el trato–. Aunque ahora que me das permiso...

Desabrochó su sostén y deslizó los tirantes sobre sus hombros. La impresión que sintió al ser desnudada tan rápidamente hizo que Emily pasara a la defensiva. Sus manos reaccionaron atrapando las copas y poniéndolas otra vez en su sitio.

–¿Estabas tomándome el pelo, Emily? ¿He estropeado tu juego? –preguntó en el peligroso tono suave que hacía temblar su corazón. Mientras hablaba sus manos se deslizaron hacia arriba para cubrir las suyas. Sus dedos se extendían más allá de las copas del sostén acariciando la parte superior de sus pechos–. No importa, estoy ardiendo por ti de todas formas –le aseguró.

–¡Para! –finalmente consiguió que le saliera la voz para balbucear–: Por favor... para.

–¿Esto no te gusta?

–No... sí... no... quiero decir...

–¿Qué quieres decir, Emily?

Ahora su voz era como un cuchillo afilado. Lágrimas de confusión inundaron los ojos de Emily. El plan... estaba saliendo mal. Simplemente no era lo suficientemente sofisticada para llevar a cabo ese trueque sexual de forma sutil.

–Me embarcaré en este viaje contigo si ayudas a mi hermana –se le escapó de pura desesperación.

–¿Y te negarás si yo no acepto? ¿Me apartarás, te

abrocharás el sostén y despreciarás mi deseo por ti?
–el tono fustigador de su voz ganó intensidad al añadir–: Por no hablar de tu deseo por mí.

Sonaba fatal. La ética moral de Emily rechazaba
el uso del sexo como arma de negociación. Ello eliminaba todo sentimiento positivo que pudiera haber
resultado de intimar con aquel hombre. Movió su cabeza de lado a lado humillada y tremendamente avergonzada.

–Lo siento... lo siento... no sabía qué otra cosa hacer.

–Boba –gruñó–. Jugando a un juego que no es de
tu índole.

Sus manos se dejaron caer hasta su cintura y la
giró para encararla. Ahuecó sus manos para sostener
su cara, y limpió las lágrimas de sus mejillas con sus
dedos. Aquel tierno gesto contrastaba con la ira que
brillaba en sus ojos.

–¿Pensabas que no era consciente de tu angustia
por tu hermana y su familia?

–No son nada para ti –balbuceó buscando su comprensión.

–Tú sí eres algo para mí.

–Contaba con eso –confesó.

–¿Sin embargo no creíste que pudiera preocupar-
me lo suficiente como para hacer lo que estuviera en
mi mano para aliviar tu angustia?

Sus palabras estaban empapadas de profunda
ofensa. Emily recurrió frenética a lo que pensó serían
circunstancias atenuantes.

–No sé –suplicó–. Todo lo que sé es que me has
mantenido encerrada aquí... para jugar conmigo.

–Jugar contigo –repitió con un tono burlón que alteraba la circulación sanguínea de Emily, provocando
sentimientos que amenazaban con explotar.

Ella dio un paso atrás para lanzarle su propia reta-híla de graves ofensas.

–Primero, juegas al gran inquisidor, eligiendo deliberadamente no creer ni una palabra de lo que dije. Después, no me dejas otra alternativa que vestirme como una bailarina para ti...

–Lo cual no has tenido problema en hacer esta noche –intervino él.

–Porque lo has convertido en tu juego, Zageo –declaró ella con vehemencia–. Tan solo trataba de encajar en él.

–¡Bien! ¡Entonces hazlo!

Antes de que Emily pudiera respirar para decir palabra alguna, él se abalanzó sobre ella, la tomó en sus brazos y la llevó volando a través de la sala de estar a una habitación contigua iluminada, donde la soltó sobre un montón de exóticos cojines de seda y satén esparcidos sobre una enorme cama de dosel. Ella extendió los brazos para evitar girar y caerse. El sostén se soltó de nuevo, y Zageo se lo quitó con un rápido movimiento, dejándola desnuda de cintura para arriba.

–No hay vuelta atrás ahora, Emily –le lanzó–. Tenemos un trato. A cambio de mis servicios para rescatar a tu familia, has accedido a dejarme hacer lo que quiera contigo, ¿no es así?

La violencia de sus sentimientos aceleraba el pulso y aumentaba el desasosiego que invadía a Emily.

–¿Cómo sé que me ayudarás? –gritó ella, preocupada por la idea de que él iba a hacer lo que quisiera de todos modos.

–Porque soy un hombre de honor que siempre cumple con un trato –aseguró.

Se deshizo de su sobretodo y lo arrojó. Ella se incorporó para sentarse, sumamente consciente del balanceo de sus pechos al hacerlo y del endurecimiento de sus pezones, respondiendo instintivamente al perturbador fervor de sus ojos.

−¿Eres tú una mujer de palabra, Emily? −la desafió él mientras se deshacía de su túnica y ropa interior con una indiferencia arrogante, al tiempo que le lanzaba una feroz advertencia−: Deja esa cama y te marcharás sin obtener nada de mí.

Ella se quedó completamente quieta, mirándolo fijamente, no por la advertencia, sino porque tenía un aspecto magnífico. Había visto a muchos hombres casi desnudos, y todos tenían un cuerpo bien esculpido: hombros anchos, estómagos planos, caderas estrechas y muslos musculosos. Zageo tenía todo eso pero, por alguna razón, su cuerpo era más proporcionado.

De su cuerpo emanaba una indomable fuerza masculina, aunque sin la musculatura excesivamente marcada de las pesas del gimnasio. Y su piel color aceituna, que brillaba tersa y suave, despertaba un deseo casi irresistible. Emily no era una experta juzgando el equipamiento sexual de los hombres, pero la visión del de Zageo le producía palpitaciones de excitación.

Él dio un paso hacia delante y, rodeando con sus manos la cintura de Emily, la puso en pie sobre la cama.

−Desabróchate la falda −le ordenó−. Muéstrame lo dispuesta que estás a hacer lo que yo quiera.

Era imposible echarse atrás ahora, se dijo a sí misma. El reto que resplandecía en sus ojos hería su sentido del honor empujándola más allá del punto de no retorno. Él había aceptado el trato. Ella tenía que cumplir con su parte.

Al llevar sus manos hacia atrás para desabrochar la cremallera de la falda, él deslizó las suyas hacia sus pechos desnudos. Empezó a acariciar en círculos los duros pezones con las palmas de sus manos, sensibilizándolos enormemente con su roce, y provocando olas de penetrante placer que recorrían su cuerpo desde los pezones hasta debajo de su vientre y que hicieron jadear a Emily ante la intensidad de la sensación.

La falda se deslizó hacia abajo hasta rodear sus pies. El jadeo se tornó en gemido de anhelo cuando cesaron las casi atormentadoras caricias a su pecho. Empujada por el ciego deseo de continuidad, sus manos rodearon los hombros de Zageo amasándolos inconscientemente. Él inclinó su cabeza para satisfacer su necesidad aplicando un suave bálsamo con su boca, lamiendo y chupando. Al mismo tiempo, enganchó con sus pulgares las bragas y deslizó la última prenda de ropa por las piernas.

Ella sacó los pies de tan restrictiva prenda sin dudar ni un instante. Su anterior inhibición desapareció con la excitación que fluía por su cuerpo. Él empezó a acariciar la parte interna de sus piernas haciéndolas temblar. Según él avanzaba su mano hacía los húmedos labios de su sexo, Emily sintió cómo su vientre se contraía de pura expectación. Sus dedos se deslizaron por la cálida humedad que se había ido formando con la erótica atención que había dedicado a sus pechos con su boca.

Cada uno de sus músculos se tensó a la espera de un roce aún más íntimo, deseándolo con ansia. Lentamente, él deslizó sus dedos adentro, introduciéndolos tan profundamente como pudo y sintiendo, sin duda alguna, la vibrante bienvenida que le dio el cuerpo de Emily de forma instintiva. Los sacó para, de forma tentadora, recorrer en círculos la entrada mientras su dedo pulgar acariciaba su clítoris, aumentando la carga erótica cuando sus dedos se colaron dentro otra vez. Y otra vez. Y otra vez.

El cuerpo de Emily se tensó como un arco por el

deslumbrante placer que consumía cada una de sus
células, y que pedía a gritos estallar en un placer aún
mayor... el ímpetu se fue intensificando más y más
hasta sobrepasar una barrera casi dolorosa y deshacerse en una corriente de tierna dulzura, cuya intensidad recorrió su cuerpo haciéndola flaquear.

Zageo la agarró cuando sus manos perdieron el
control de sus hombros, y la arrastró con él al desplo-
marse sobre la cama, tumbándola boca arriba entre
los cojines y colocándose sobre ella. Sus ojos brilla-
ban de feroz satisfacción por la respuesta indefensa
de Emily.

Él inmovilizó con sus brazos los de ella sobre su
cabeza. Estaban demasiado flojos para resistirse, aunque en otro lugar y momento, se habría resistido, pues
intuía que era una expresión deliberada de su control
sobre ella. Evidentemente, él gozaba de lo que parecía una sumisión a su voluntad.

Emily sonrió. En aquel momento no le importaba
lo que él pensara. Su cuerpo cantaba de júbilo. Él
centró su mirada en su sonrisa, y se abalanzó sobre
ella con una mueca ligeramente cruel. Sus tersos y
hambrientos labios separaron los de ella, e introdujo
su lengua profundamente con la intención de provo-
car otra tormenta de sensaciones. Ya no importaba la
satisfacción de ella, sino la suya propia. Él era el único que tenía que sentirse satisfecho ahora.

Un instinto primitivo en ella insistía en responder
al despiadado embelesamiento de su beso. Su lengua
se batió en duelo con la de él provocando una apasio-
nada lucha de posesión. Tal vez él tuviera derecho al
uso de su cuerpo durante un tiempo, pero ella no había vendido su espíritu. Si él se había imaginado que
había conseguido una dócil esclava del sexo, tendría
que pensarlo de nuevo.

Ella estaba tan consumida por la idea de aferrarse a ese beso, que cuando Zageo soltó sus brazos, ella agarró instintivamente su cabeza con sus manos para recuperar algún control sobre lo que estaba ocurriendo. Tan absorta estaba intentando igualar ese saqueo salvajemente erótico, que la tomó por sorpresa cuando él levantó sus caderas y la penetró. La fuerte impresión de la penetración hizo que perdiera toda concentración en otra cosa que no fuera la sensación de su miembro, duro, moviéndose dentro de ella hasta las profundidades más recónditas, llenando lo que había permanecido vacío por mucho, mucho tiempo.

El impacto de aquella saciedad intensamente gratificante llevó a Emily derecha al borde del clímax otra vez. Todo dentro de ella latía al ritmo de sus suaves y potentes embestidas. Cada retirada producía un redoble de tambores ante la intensa expectación, cada embestida la precipitaba a un tumultuoso mar de éxtasis.

Se oía a sí misma gimiendo, eran sonidos que salían de su garganta de forma totalmente involuntaria. Apenas era consciente de que sus manos estaban apretando su trasero, empujándolo instintivamente, queriendo que el movimiento fuera más fuerte, más rápido, más salvaje, hasta que las oleadas se convirtieron en los explosivos espasmos del clímax de él. Ella empezó a flotar en un espacio donde solo estaba sujeta por él, que la rodeó con sus brazos mientras ella reposaba sobre su pecho. Su pecho subía y bajaba como el suave oleaje de aguas más tranquilas después de pasar una tempestad.

No se movía, ni intentaba decir nada. No solo estaba aturdida por la sobrecarga sensorial, sino que no tenía ni idea de qué debía pasar o pasaría a continuación. Además, toda su experiencia con aquel hombre le había mostrado que era él quien tomaba la iniciativa en cualquier actividad que compartiera. Y el trato que habían hecho implicaba que ella estaba a su disposición. Era inútil moverse mientras él no mostrara deseo de hacerlo.

Él empezó a acariciar su espalda, haciendo que su piel se estremeciera de placer. Desde luego sabía cómo tocar a una mujer, pensó Emily, maravillada por la increíble experiencia sexual que le acababa de brindar. Si aquello era una muestra de lo que ella tendría que soportar en sus manos para cumplir con su parte del trato, sería sumamente agradable.

De hecho, ahora entendía por qué Veronique había volado a Zanzíbar para recuperarlo. No iba a ser fácil desprenderse de lo que le acababa de dar. Ni siquiera un apartamento en París compensaría la perdida de un amante de aquel calibre. Emily tenía la ligera sospecha de que lo que Zageo acababa de hacerle sería una cima de placer que podría no alcanzar con nadie más. Ni siquiera lo había hecho con Brian...

Profundizó en ese pensamiento. No era justo hacer comparaciones. Aquella relación, si se podía llamar así, difería mucho de lo que había sido su matrimonio. Era un instante en su vida que no había buscado, había sido el resultado de circunstancias sobre las que ella no había tenido ningún control.

Su preocupación empezó a crecer al pensar en Hannah, perturbando el sopor en que se había sumido en brazos de Zageo. Él estaba jugueteando con su pelo, levantando los largos mechones para dejarlos deslizar entre sus dedos y, como si hubiera notado su cambio de humor, agarró un manojo de pelo y tiró ligeramente para atraer su atención.

—Están vivos —dijo.

—¿Qué? —su afirmación parecía surrealista, como si hubiera leído su mente.

—Tu hermana, su marido e hijas... están vivos. No

te los imagines muertos porque no es así –declaró ásperamente.

La adrenalina se disparó por las venas de Emily. Se incorporó de repente para escudriñar sus ojos, deshaciendo el abrazo y apoyando sus propios brazos a ambos lados de su cabeza para inclinarse sobre él.

–¿Cómo lo sabes? –exigió.

Él arqueó una ceja en un desafiante gesto burlón.

–¿Cuestionas mi información?

Ella resopló impaciente.

–No tu información, Zageo. Te pregunto cómo la conseguiste.

–Puesto que tu hermana no había llegado al hotel, como esperabas, dejé instrucciones para que rastrearan su paradero mientras pasábamos el día fuera –respondió–. Cuando volvimos de Stone Town...

–¿Están bajo arresto domiciliario como decía Hannah? –insistió Emily por una imperiosa necesidad de saber a qué problemas se estaba enfrentando su hermana.

–Sí. Pero lo que estoy intentando decirte, mi querida Emily, es... –pasó un dedo por sus labios para silenciar otro arrebato– que están vivos. Y ahora tomaré todas las medidas que pueda para garantizar su seguridad futura.

Una sensación de alivio la inundó. Entregarse a cambio de tal resultado había valido la pena. No importaba lo grande que llegara a ser su sacrificio, no se arrepentiría de haberlo hecho.

–¿Qué piensas hacer? –le preguntó con impaciencia.

–¡Ya basta! –se incorporó pillándola por sorpresa, tumbándola sobre su espalda y recuperando así rápidamente su control sobre ella. Los dedos que habían estado jugando con sus labios acariciaron ahora su mandíbula para comprobar su resistencia. Sus oscuros ojos brillaron con un despiadado deseo de ponerla al tanto de nuevo de su trato–. Confiarás en que haré todas las negociaciones que estén en mi mano para liberar a tu hermana. Cómo lo haga no es asunto tuyo, pero sí el satisfacerme ¿no es así?

¿Lo había hecho? Las dudas la invadieron, mermando su natural confianza en sí misma. ¿Estaba satisfecho con lo que había obtenido de ella hasta ahora?

Hasta esa noche, su experiencia sexual se había limitado a un hombre, un hombre que no había estado con otra mujer más que ella. Sintió pánico al pensar en la elegante y sofisticada Veronique. No sabía cómo competir.

–Tendrás que decirme lo que quieras que haga –le rogó, temerosa de no estar a la altura.

–Oh, lo haré –le prometió con una sonrisa de profunda satisfacción.

Y así lo hizo. Y a Emily no le importó hacer nada de lo que le pidió: sabía que Hannah y su familia estaban vivos, pero también el hecho de estar íntimamente implicada con el jeque Zageo bin Sultan Al Farrahn la estaba haciendo sentir más viva de lo que se había sentido en la vida.

Capítulo 7

EL lunes viajaron a Kenia.

–Pero si está en la dirección opuesta a Zimbabue –protestó Emily.

–¿Dudas de que vaya a cumplir con mi promesa? –contestó él airado.

–Simplemente no me parece lógico ir allí –replicó ella con recelo–. Si me lo explicaras...

–Las negociaciones para garantizar la seguridad de tu familia llevarán un tiempo. Debemos usar medios diplomáticos. Mientras tanto, no hay razón para que no mantenga mi programa. Y tú me acompañarás... –sus ojos desafiaron su compromiso– como acordamos.

De nuevo, no había otra elección más que la suya. Y como siempre, resultó que su elección proporcionó a Emily un inmenso placer, y no exclusivamente relacionado con la pasión sexual que provocaba repetidamente en ella.

El hotel que estaba supervisando en Kenia era diferente de cualquier otro hotel que jamás había visto. Las habitaciones estaban diseñadas para parecer cabañas de barro situadas astutamente en una ladera con vistas a la llanura del Serengetti. Por dentro, ofrecían todo tipo de lujos mientras que la decoración usaba de forma asombrosa las telas y cuentas de colores vivos típicos de la tribu Masai.

Lo mejor eran las magníficas vistas desde cada ventana. Se veían enormes manadas de ñus pastando por la vasta planicie, salpicada con las distintivas acacias de copas planas. También era apasionante ver las distintas especies de animales salvajes vagando libremente.

Cuando ella y Zageo montaron en uno de los vehículos especiales para safari, bien podían haber estado en una nave invisible por la reacción inmutable de los animales. Los leones de una manada que descansaba en la larga hierba junto al camino ni siquiera giraron sus cabezas para mirar al vehículo. Más allá, un guepardo enseñaba a sus tres pequeños cachorros a cazar sin que lo distrajeran los numerosos vehículos que daban vueltas a su alrededor para ofrecer a sus pasajeros una mejor vista. Aquello era la verdadera África, pensó Emily sintiéndose privilegiada de poder verlo.

Era más impactante que verlo en pantalla, aunque no siempre resultaba agradable. Emily se estremeció al ver una bandada de buitres comiéndose un animal recién muerto. Eran aves horribles con sus cuerpos hinchados y despiadados picos. En el otro extremo estaban las jirafas, que automáticamente despertaban una sonrisa con su elegante y lento caminar.

En cada una de sus salidas en diferentes vehículos, Emily iba sentada en los asientos de pasajeros, donde el techo estaba abierto para poder ponerse de pie y hacer fotografías. Zageo se sentaba junto al conductor para charlar con él sobre su vida y su trabajo. Los vehículos se comunicaban por radio las mejores vistas, de modo que los conductores podían cambiar su rumbo si era necesario para llegar al lugar de la escena lo más rápidamente posible.

Emily se dio cuenta de que él no solo supervisaba la dirección de sus hoteles. Nada se le escapaba. Incluso se paraba a hablar con los empleados que barrían los caminos que conducían a las habitaciones, y no lo hacía de manera despótica. Trataba a todo el mundo con el mismo respeto y, en consecuencia, los trabajadores lo miraban con respeto.

No se les veía ni encogerse de hombros ni hacer muecas ni poner los ojos en blanco a sus espaldas. Gustaba a todos los empleados, desde el más alto cargo hasta el más bajo, y Emily tampoco podía evitar que le gustase por la manera en que trataba a su gente. Tuvo que reconsiderar su opinión de cómo la trataba ella.

Sinceramente, tenía que reconocer que su historia probablemente sonaba algo increíble. Habría estado justificado que Zageo no la hubiera ni escuchado y la hubiera entregado a la policía como una colaboradora de Jacques Arnault. En lugar de eso, le había concedido el beneficio de la duda, y había procedido a verificar los hechos que le había contado ella mientras le ofrecía su generosa y lujosa hospitalidad. Objetivamente, era un trato más que justo.

Excepto que, de alguna manera, nada de todo ello había sido objetivo. Desde el primer momento había sido algo muy personal. Y no solo por parte de él. Cuando él la besó, ella no lo rechazó. Ahora era totalmente imposible negar cuánto deseaba que siguiera queriéndola.

Incluso se asustó cuando él le preguntó si prefería descansar en la piscina del hotel en lugar de acompañarle en otro safari.

—Pensé que querías que te acompañara —le respondió intranquila, preguntándose si le había disgustado con algo.

Él frunció el ceño medio exasperado y medio frustrado.

—No tienes que ser mi esclava por tu hermana

–precisó–. Estoy aquí para cumplir con mis responsa-
bilidades. No quiero que te aburras ni que pongas
cara de interés cuando preferirías estar...

–¿Aburrirme? –exclamó Emily asombrada–. No
me aburro lo más mínimo, Zageo.

Sus oscuros ojos miraron a los suyos para buscar
la verdad.

–Has estado viajando día tras día, quizás te gustaría tener una larga sesión de masaje...

–¿Y perderme algo que puede que nunca vuelva a
tener la oportunidad de ver? ¡De eso nada! –afirmó
categóricamente–. ¡Voy contigo!

Él sonrió.

–De modo que la aventura te atrae.

–Siempre me ha gustado la naturaleza. No hay
nada en el reino animal que me parezca aburrido –le
aseguró Emily.

Él arqueó una ceja.

–¿Incluso yo?

Él menos que nada, pensó ella. Pero lo miró por el
rabillo del ojo y, para no revelar demasiado, replicó:

–Estoy segura de que sabes que, para mí, tú también eres una aventura.

Sí, lo era, reconoció Zageo en su interior. Así como
ella lo era para él, a diferencia de cualquier otra mujer
con la que había estado. Su limitada experiencia sexual le desafiaba a hacer de cada experiencia en la
cama, no solo una sorpresa excitante para ella, sino
también un placer sensual para saborear una y otra
vez. Su respuesta era siempre enormemente gratificante, a veces algo embriagadora.

Además, tenía una alegría por la vida que reaviva-
ba la suya. La falta de entusiasmo con que había dejado Francia para iniciar su viaje había desaparecido.
De hecho, se daba cuenta de que disfrutaba más con

Emily que con cualquier otra mujer que la había precedido. Lo que hacía más frustrante que ella se hubiera entregado a él en los términos en que lo hizo, negándole el placer de ganársela.

Ella, sin duda, estaba feliz de estar allí. No tenía suficiente malicia para simularlo. Pero, ¿se habría entregado si no hubiera habido ningún problema con su hermana que la empujara a ello? Odiaba ese acuerdo. Quería que se terminara cuanto antes.

Pero África era África y pocas cosas ocurrían a un ritmo rápido. Los días pasaban sin que hubiera ningún progreso. Abdul trabajaba horas extra para negociar un acuerdo aceptable para ambas partes, Malcolm Coleman y la parte hostil responsable del arresto domiciliario de su familia. El principal obstáculo era el propio Coleman, que no confiaba en nada de lo que le ofrecían y se resistía a renunciar a la propiedad de sus tierras. Finalmente, Abdul aconsejó que para llegar a un resultado efectivo, probablemente sería necesario hablar con él directamente.

–Entonces debemos despejar el camino para llegar hasta Coleman –decidió Zageo–. Lo mejor será ir en helicóptero.

–¿Pero cómo evitar que lo derriben? –murmuró Abdul con preocupación–. Esto no me gusta, Su Excelencia. ¿Por qué no le explicamos a la señorita Ross que su cuñado no quiere cooperar con el plan de rescate? Quizás ella...

–¡No! –le interrumpió Zageo con una mirada desafiante–. No acepto un fracaso. La conferencia programada en nuestro hotel de Zambia... investigue qué oficiales vendrán de Zimbabue y averigüe si alguno de ellos tiene la autoridad para concederme inmunidad para entrar en el país. Si también pudiera enterarse de qué aliciente sería aceptable...

Abdul asintió, aliviado al verse de nuevo en territorio familiar. Zageo reflexionó sobre el hecho de que la misión terminaría constándole más de lo que había anticipado. Poner en peligro su propia vida, desde luego, era demasiado para complacer a una mujer, sin embargo, no tenía duda alguna de que si había que hacerlo por Emily Ross, había que hacerlo. Ella no había puesto ninguna excusa para no entregarse a él o proporcionarle todo lo que le había pedido, no había protestado por seguirle a todas partes. Era como si hubiera comprado una esclava. Lo que iba en contra de sus principios. Por eso necesitaba que se acabara aquel asunto. Solo después de haber cumplido con su parte del trato podría saber si Emily Ross deseaba quedarse a su lado por razones no relacionadas con la seguridad de su hermana.

Emily no podía evitar inquietarse por saber cómo iban las cosas con Hannah. Deseaba preguntar a Zageo, pero él interpretaba su necesidad de información como una falta de confianza. Sin embargo, el anuncio de que volarían de inmediato a Zambia le soltó la lengua.

Estaban en la cama, relajándose después de otro estimulante momento de intimidad, y Emily saltó a un tipo muy diferente de conexión.

–Zambia y Zimbabue comparten frontera. ¿Quiere decir que...?

–Quiere decir que vamos a Zambia –le cortó él.

Emily apretó sus dientes al recorrerla una oleada de rebelión. Había obedecido sus deseos. Había sido paciente en cuanto al tiempo que él necesitaba para resolver su parte del trato. Pero tenía derecho a saber qué estaba pasando con Hannah.

Se incorporó plantando sus manos a ambos lados de la cabeza de Zageo, situándose justo encima de él para hablarle cara a cara.

–¿Para qué? –exigió.

Los ojos de Zageo brillaron con desafío intencionado al responder:

–Uno de nuestros hoteles está junto al río Zambeze, justo sobre las cataratas Victoria. Está en mi itinerario.

–¿De modo que no tiene nada que ver con mi hermana?

–Me reuniré con gente que podría ayudar.

–¿Podría? –sus dudas despertaron su ira–. ¿Podría recordarte, Zageo, que has recibido un pago a cuenta, y que aún estoy esperando recibir un indicio sólido de que estás haciendo algo productivo por tu parte?

–¡Un pago a cuenta! –se burló–. ¿Así es como llamas a hacer lo que quieres hacer? ¿Cuál es el coste, Emily? ¿Qué has pagado?

El contraataque fue tan rápido, que sumió su mente en el caos. ¿Le había costado algo estar con él? Realmente no. Lo que significaba que el acuerdo no era equitativo. Y eso la dejaba sin un argumento razonable. El pánico la invadió impulsándola a actuar para recuperar el equilibrio. Se apartó de él, saltó de la cama y se puso fuera de su alcance.

–Así que piensas que te habría dicho que sí de todas formas. ¿Es así, Zageo? ¿Piensas que te encuentro irresistible?

Él se apoyó en uno de sus brazos y la observó con los ojos entrecerrados.

–Si hubiera habido alguna resistencia por tu parte, Emily, me habría dado cuenta –se burló.

–Bien, ¿qué tal si me resisto ahora?

–No seas absurda.

Emily se armó de valor para desafiar su arrogante confianza. Podía ser el hombre más guapo y sexy de la tierra, pero...

–Puedo decirte que no –aseguró con suficiente intensidad para advertirle de que iba en serio.

Él recorrió su cuerpo desnudo con la mirada para recordarle lo íntimamente que lo conocía y el profundo placer que le había dado. Un tímido sentimiento de culpa por su voluntaria conformidad al hacer lo que le agradara a él hizo que se disparara la furia de Emily.

–¿Por qué quieres frustrarnos a los dos? –le preguntó él con una sonrisa irónica.

Emily luchaba por sobreponerse a la atracción sexual de aquel hombre. Si no lo hacía, perdería todo poder de negociación.

–Me ocultas información –le acusó–. ¿Por qué no puedo abstenerme yo de ti hasta que compartas conmigo lo que sabes?

–De modo que... estamos otra vez con los trueques, ¿no? –la ira brillaba en sus ojos y tensó su cara–. ¿No ha habido ningún progreso en nuestra relación?

–Una relación solo puede crecer compartiendo –argumentó.

–¿No he compartido mucho contigo?

–Sí –reconoció ella–. Pero me gustaría que compartieras conmigo lo que estás haciendo acerca de Hannah y su familia.

Él la miró con arrogancia.

–Te he dicho que los sacaría de allí y lo haré. Eso es todo lo que necesitas saber.

–¡Lo harás! ¿Y cuándo será eso, Zageo? –no iba a dejarle escapar. Su orgullo también estaba en juego. Se había entregado a él de buena fe, y no iba dejar que la engañara–. ¿Se iniciará algún tipo de acción desde tu hotel en Zambia?

–¡Ya basta!

Él saltó de la cama y se puso en pie con una prepotencia despótica. Sus ojos ardían con desdén hacia ella al ponerse su bata y atarse el cinturón con un movimiento rápido, signo claro de que la intimidad que habían compartido anteriormente se había acabado. Hizo un gesto desdeñoso hacia la cama.

–Considérala tuya. No requeriré ningún pago más de tu parte... –su tono era tan cruel, que le cortó la respiración– hasta que recibas satisfacción por mi parte –concluyó mordazmente.

Emily inhaló un poco de aire para que la ráfaga de oxígeno disipara la niebla de su cerebro.

–¡Tan solo quiero tener alguna noticia de Hannah! –gritó–. ¿Es tan poco razonable? ¿Es mucho pedir cuando estoy tan asustada por mi hermana?

Él la ignoró, dirigiéndose hacia la puerta que, claramente, pretendía interponer entre ellos.

–No sé de dónde vienes, Zageo –le lanzó a su espalda–. Pero de donde yo vengo tenemos una expresión que todo australiano entiende y respeta. ¡Haz lo que sea justo! Es una parte intrínseca de nuestra cultura. Y para mí no es justo que ignores mi preocupación cuando he intentado hacer todo lo posible para complacerte en todos los aspectos.

Él se detuvo sin girarse. Sus hombros se elevaron y se dejaron caer al inhalar y exhalar un profundo respiro. Emily podía sentir la violencia que emanaba de él como si fuera tangible, lo cual atacaba sus nervios haciendo que se dispararan en un salvaje frenesí.

–El trato está aún pendiente –afirmó fríamente–. En estos momentos, no tienes por qué temer por la vida de tu hermana, ni por la de su marido e hijas.

Partimos para Zambia mañana por la mañana. Debes estar preparada.

Entonces se marchó.

«Me reuniré con gente que podría ayudar».

«Debe de tratarse de eso», pensó Emily mientras observaba los preparativos para una cena especial que tendría lugar en el verde y cuidado jardín que llegaba hasta el borde del río. Era un lugar maravilloso con vistas al ancho río Zambeze justo antes de precipitarse al enorme abismo de las cataratas Victoria desde el que subían nubes de vapor.

Los dignatarios de varios países africanos habían ido llegando a lo largo de la tarde, y se podía ver a sus guardias de seguridad patrullando los senderos que llevaban a los diferentes alojamientos individuales. Se había montado un escenario bajo uno de los enormes árboles del jardín frente a unas sillas y mesas cuidadosamente colocadas. Tres tenores africanos comprobaban el equipo de sonido ensayando algunas de las arias que Emily había oído cantar a los tres tenores, Pavarotti, Domingo y Carreras.

Apenas había visto a Zageo desde que llegaron a aquel lugar tan bello. Había encargado a un miembro de la plantilla del hotel que la atendiera y organizase lo que Emily quisiera hacer. Parecía como si se estuviera divorciando de ella.

El alojamiento se había dispuesto en cuatro suites de invitados, dos arriba y dos abajo, cada una con un balcón o terraza con vistas al río. Emily había sido acomodada en una de las habitaciones de arriba, y sabía que Zageo estaba en la habitación de al lado, pero él no había hecho ningún propósito de visitarla.

La habitación estaba diseñada para dos personas:

una cama de matrimonio, dos grandes tumbonas con taburetes a juego, un gran lavabo con dos palanganas en un baño espacioso, y un enorme plato de ducha con una gran alcachofa que rociaba tanta agua, que daba la sensación de estar bajo una catarata. Tanto lujo para una sola persona hacía sentir a uno muy solo.

Si su reunión fuera fructífera, quizás Zageo se dignaría a darle alguna noticia sobre lo que estaba teniendo lugar respecto a Hannah y su familia al día siguiente. Exigirle información no lograría nada más que otro rechazo.

Ella se había dado cuenta en todo momento del abismo cultural entre ellos, pero aun así había intentado que él la tratara como si entendiera y compartiera sus valores australianos. ¡Un gran error! Ella tenía que aceptar que las cosas ocurrieran a su manera, especialmente en lo que a Hannah se refería, porque no tenía a nadie más a quien recurrir.

Cerca del atardecer, empezaron a servirse bebidas y canapés en el bar que había tras la plataforma de madera que se había construido alrededor de un árbol a la orilla del río. Emily se sentó en una tumbona acolchada mientras sorbía una bebida de fruta tropical y escuchaba a los invitados hablar sobre el magnífico paisaje.

El cielo tenía reflejos de colores vivos. A unos veinte metros, en el agua, había un montón de hipopótamos casi totalmente sumergidos, que parecían un grupo de piedras redondeadas. Bastante más allá, se distinguía la silueta de una fila de elefantes cruzando el río de una isla a otra. Emily contó siete.

El esplendor de África...

Deseaba fuertemente que Zageo estuviera a su lado, compartiendo todo aquello como habían hecho en Kenia. Echaba de menos su compañía, su sabiduría y su experiencia, la emoción de su presencia, la sutil tensión sexual que había constantemente entre ellos, y que prometía mayores placeres tan pronto como estuvieran a solas.

Después de dos años sola, sin ninguna inclinación por emparejarse con nadie, Emily se daba cuenta de que Zageo realmente había hecho revivir en su memoria lo que era tener una relación con un hombre, los lazos físicos, mentales y emocionales que, de alguna manera, hacían la vida más estimulante. Aunque su sentido común insistía en que aquella relación solo podía ser temporal, Emily tenía que reconocer que no quería que acabara.

No importaba lo diferente que fuera Zageo, era una persona maravillosa en muchos aspectos, con una vida extraordinaria. Se sentía privilegiada por poder compartir algo de eso con él. Si se deshacía de ella una vez hubiera cumplido con su parte del trato... un sentimiento de desdicha inundó su corazón.

Se arrepentía profundamente de haber reducido el sexo que habían compartido a una forma de prostitución, esperando cobrar. La frustración de no tener noticias sobre la situación de su hermana le había hecho tomar esa postura, no la falta de confianza en la integridad de Zageo. Sin embargo, él se había sentido claramente insultado doblemente: por su rechazo a que su mutua atracción fuera un resultado natural, y por su aparente incredulidad en cuanto a que él mantuviera su palabra.

Errores... Emily se obsesionó con ellos, sintiéndose gradualmente más triste según avanzaba la tarde. Pidió una cena ligera al servicio de habitaciones, pero no tuvo apetito para comérsela. Angustiada por lo que pasaba en la cena a la que Zageo estaba asistiendo, apagó las luces de su habitación y se sentó en la oscuridad del balcón para observar a los invitados VIP en el jardín y tratar de juzgar si las conversaciones que tenían lugar eran cordiales o tensas.

Los tres tenores africanos se alternaban para entretener a la audiencia, coincidiendo solo en el espectacular número final después del café. Todos tenían una voz maravillosa. Fueron aplaudidos con merecido entusiasmo al finalizar. Una vez terminó el concierto, Emily se fue a la cama sin haber sacado nada en claro, excepto que gente poderosa se había entretenido magníficamente y que, probablemente, no esperaban otra cosa como pago.

La cama era el lugar más solitario de todos. Su cuerpo anhelaba enredarse con el de Zageo, sentir el intenso y maravilloso placer sensual al que la había introducido. Dio vueltas en la cama durante lo que le parecieron horas. No sabía cuándo había vencido el sueño su inquietud, ni cuánto tiempo llevaba durmiendo, ni lo que la despertó.

No fue un despertar lento. Fue como si una descarga eléctrica hubiera activado un interruptor. Sus ojos se abrieron de golpe y su mente se puso en alerta en un instante.

La figura de un hombre estaba de pie junto a la cama. La habitación estaba demasiado oscura para ver su cara, pero su corazón no palpitaba de miedo. Supo inmediatamente quién era. Una oleada de alivio, esperanza y placer alegró su voz.

–Zageo... –se levantó de la almohada apoyándose en los codos–. Estoy tan contenta de que estés aquí.

Su alegría se desvaneció. Se dio cuenta rápidamente de que no había querido despertarla, de que había entrado en medio de la noche para mirarla por alguna razón personal y no le hacía gracia que le hubiera pillado.

¿También él la había echado de menos? ¿Aún la deseaba tanto como ella lo deseaba a él? ¿Le impedía reconocerlo su orgullo?

—¿Contenta porque quieres noticias sobre tu hermana?

Su voz sonaba cortante y airada, pues detestaba que su relación con ella girara en torno al bienestar de gente a la que él ni conocía.

Emily se sentó, detestando haberle tratado como lo hizo.

—No —respondió seria y tranquilamente—. Siento... que haya sonado como si estar contigo fuera solo por la ayuda que pudieras prestarme.

Hubo un tirante silencio mientras él consideraba su disculpa.

—Entonces... ¿estás admitiendo que eso no es cierto? —ahora su tono fue algo más arrogante, mostrando desprecio por la mentira.

Ella soltó un suspiró triste.

—Sabes que no lo es, Zageo.

—No pienses que esta actuación dócil y apacible me va a engañar. Si piensas que puedes ganar más adulándome que demandando...

—¡No! —gritó ella horrorizada ante la interpretación de su disculpa—. Realmente he disfrutado de tu compañía y... y eres un amante fabuloso, Zageo. Recordaré este tiempo contigo durante el resto de mi vida, el placer que me has proporcionado...

—¿Estás diciendo que ya no quieres abstenerte de mí?

Emily respiró profundamente ansiosa por corregir sus errores, sin importarle lo descarada que fuera sobre ello.

–Sí –manifestó categóricamente–. Me gustaría que vinieras a la cama conmigo ahora mismo.

¡Ahí! ¡No podía mostrarse más segura que eso! Mientras esperaba una respuesta, su corazón se aceleró asustado por aquel silencio escalofriante, deseando frenéticamente que volviera con toda su fuerza ese deseo que le había mostrado.

Tras unos segundos interminables dijo:

–Me deseas.

Emily no estaba segura de si era una pregunta o un comentario irónico, pero respondió sin dudar:

–Sí, te deseo.

–Entonces, muéstrame cuánto, Emily –su tono de voz ahora era, sin duda, duro y despiadado, desafiando su mente, su corazón y su alma–. Muéstrame que lo que voy a hacer mañana no será en vano.

Mañana... Hannah... la conexión irrumpió en su mente, pero saltaron las alarmas alertando no preguntar. Si sacaba el tema de su hermana en ese momento, destrozaría todo lo bueno que había entre ellos. Su instinto la impulsaba a aprovechar esta noche y hacerla suya.

Sacó las piernas de la cama. Él no se movió. Estaba esperando... esperando a ver hasta dónde llegaría ella por él. Los ojos de Emily se habían acostumbrado a la oscuridad y podía ver que él llevaba la ligera bata de algodón del hotel. No era necesario que se vistiera apropiadamente, ya que las puertas de sus habitaciones estaban una enfrente de la otra. Emily estaba segura de que no llevaba nada debajo.

Ella no se había puesto nada para dormir, con la esperanza de que él fuera. Cualquier inhibición relativa a su cuerpo en presencia de Zageo había desaparecido hacía tiempo. Estaba ansiosa por que Zageo la tocara, la acariciara... Pero él no se inmutó cuando ella se acercó. Permanecía en silencio. Esperando...

Emily pensó en lo mucho que él le había enseñado. Sin la más mínima duda, empezó a desatar su cinturón.

–¿Estabas en la cama pensando en lo que podrías estar haciéndome? –le preguntó con una voz ronca, determinada a seducirle y sacarle de su estancamiento.

No hubo respuesta.

–Yo sí lo hice, durante horas y horas –confesó ella, apartando la bata y deslizando las manos por su pecho, rozando sus pezones con las palmas de las manos–. Quería sentirte como lo estoy haciendo ahora.

Su pecho se hinchó al endurecerse sus pezones con sus caricias. Aunque su respiración era apenas perceptible, su cuerpo mostraba signos de excitación. Emily se situó tras él para deslizar la bata por sus brazos y deshacerse de ella. Sus manos empezaron a dar un suave y sensual masaje en los tensos músculos de su cuello y hombros.

–Relájate, Zageo –murmuró–. No quiero pelear contigo. Quiero hacerte el amor.

Él no se relajó. Por el contrario, sus músculos se tensaron más aún.

Ella recorrió su espalda con los dedos, dibujando suaves círculos y deleitándose con la suavidad de su piel mientras descendían gradualmente hacia la cintura. Entonces se pegó a él, presionando su pecho contra su espalda, y deslizó sus manos hasta las zonas eróticas a ambos lados de la ingle. Le acarició disfrutando de los temblores que producía con su caricia.

–Me has devuelto a la vida –le confió mientras recorría su espina dorsal con besos–. Después de dos años paralizada, conocerte... ha sido una conmoción. No he sabido cómo llevarlo, Zageo. Pero yo te deseo –presionó su mejilla contra el hueco entre sus omóplatos, y murmuró fervientemente–. Te deseo.

Su diafragma se hinchó con el aire de sus pulmones. Emily deslizó sus dedos para ver si había despertado en él el deseo que siempre había mostrado por ella. Un sentimiento de euforia la recorrió al sentir su fuerte erección.

Una ligera caricia en la punta... y Zageo explotó, se dio la vuelta, la tomó por la cintura, la levantó, la llevó a la cama, y la aprisionó mirándola con feroz intensidad a los ojos.

–No juegues conmigo, Emily. Esto ha ido más allá de un simple juego –aseveró.

–Yo no estaba jugando contigo –exclamó ella sin respiración.

–Entonces dale el nuevo sentido a mi vida que yo te he dado. Lo necesito ahora. Ahora...

La besó con una pasión devoradora que provocó una tumultuosa respuesta en Emily. No trataba de demostrar nada con ello. Su propia oleada de deseo coincidía con la de él y pedía a gritos expresarse. Él escondió sus brazos debajo de ella, mientras ella arqueaba su cuerpo en busca de una unión feroz y primitiva.

Cuando sus cuerpos se unieron, cuando se poseyeron el uno al otro, cantaron de júbilo. Era maravilloso. Estaba ávida de las sensaciones intensas que producía esa unión. Sus brazos le apretaron fuertemente, y sus piernas lo rodearon incitándolo.

Zageo la llenaba con su fuerza, la hacía volar en alas del éxtasis para a continuación relajarse disfrutando dentro de ella antes de volver a remontar de nuevo, cada vez con mayor intensidad, hasta que Emily simplemente empezó a flotar en un delirio de placer, ansiosa por llegar al punto máximo de su clímax, a fundirse en uno de nuevo.

Cuando eso ocurrió, fue más dulce para Emily que

nunca. Esperaba que él se sintiera tan profundamente conmovido como ella. Su frente estaba pegada a la de ella, mente con mente, pensó Emily, cuerpo con cuerpo. Entonces, él levantó su cuerpo y rodó sobre su espalda llevándola a ella con él y presionando su cabeza sobre su corazón. Los dedos entre su pelo no la acariciaban como lo hacían normalmente sino que, aferrados a su cuero cabelludo, la agarraban posesivamente contra el ruido sordo de los latidos de su corazón.

Él no habló. Tampoco lo hizo ella.

Emily estaba feliz con su cabeza acurrucada precisamente donde estaba. Su propio corazón latía al ritmo del de Zageo, dando una maravillosa sensación de armonía. Protegida por aquel abrazo, fue relajándose con el suave latido de su corazón hasta caer en un profundo y tranquilo sueño.

No se dio cuenta de cuándo la soltó y se marchó. Ya había amanecido cuando se despertó, y el lado de la cama en la que él había estado tumbado estaba frío. Por unos minutos, se preguntó con inquietud por qué habría vuelto a su habitación en lugar de quedarse con ella. Quizás no le había satisfecho. Quizás...

Entonces se acordó. ¡Hannah!

Zageo tenía algo planeado para aquel día. La noche anterior había estado convencida de que estaba relacionado con el trato que habían hecho. Si estaba en lo correcto, ¿habría sentido él que merecía la pena llevarlo a cabo aquella mañana? ¿Era eso por lo que no estaba en la cama? ¿Se habría ido a ocuparse de lo que había organizado?

Emily se apresuró al baño, ansiosa por estar duchada, vestida y lista para cualquier cosa. Era un día importante. No podía ni imaginarse en cuantos aspectos iba a ser un día importante.

Capítulo 8

EMILY se atrevió a llamar a la puerta de Zageo, convencida de que la intimidad que habían compartido la noche anterior le daba derecho al menos a saludarle. No hubo ninguna respuesta. Algo decepcionante, pero esperado, puesto que eran casi las nueve de la mañana y, probablemente, ya estaba ocupándose de lo que quiera que hubiese planeado para el día.

Una tensa expectación sacudía su corazón mientras caminaba hacia el edificio central del hotel. Quería noticias sobre la situación de Hannah, pero al mismo tiempo tenía miedo de saber. Algo se había gestado en la cena de la noche anterior, si no Zageo no habría acudido a ella. Por su actitud, por lo que dijo, Emily tenía la sensación de que no eran buenas noticias. El trato le estaba dando más problemas de lo que había esperado.

Los invitados estaban desayunando en la terraza y en el restaurante principal. Ni Zageo ni su ayudante, Abdul Haji, estaban entre ellos. Emily se dirigió al área de recepción, construida como un gran pabellón con espléndidas columnas y abierto al exterior. Encontró a Leila, la empleada a la que Zageo había encargado atender a Emily.

–¿Has visto al jeque esta mañana, Leila?

–Sí. Se fue del hotel muy temprano con el señor Haji.

–¿Cómo de temprano?

–Al amanecer.

–Y aún no han regresado –murmuró Emily, preguntándose si Zageo había dejado algún mensaje en la recepción.

–El señor Haji sí regresó –replicó Leila–. Lo vi paseando junto al río hace un rato. ¿Quiere que lo localice, señorita Ross?

–No. No, gracias –respondió Emily inmediatamente. Era consciente de que la mano derecha de Zageo no estaba a su entera disposición, y se ofendería si ella lo hacía llamar para atenderla. Pero si se lo encontraba por casualidad...

–¿Hay alguna otra cosa que pueda hacer por usted? –inquirió Leila.

Emily le dirigió una sonrisa y negó con su cabeza.

–Creo que vagaré por ahí esta mañana. Gracias de nuevo, Leila.

¿Adónde habría ido Zageo solo? Aquella pregunta rondaba en su cabeza mientras se alejaba de la recepción y pasaba por la sala Livingstone, llamada así en honor al explorador David Livingstone, quien había descubierto y dado el nombre de la reina de Inglaterra a las cataratas Victoria. Estaba amueblado al estilo de un club de reunión de la época colonial, con sillas y sofás de cuero, mesas para jugar a las cartas, tableros de ajedrez y de mahjong, y un bar al final. Estaba diseñado para satisfacer todos los gustos recreativos. Echó un vistazo hacia los ocupantes y vio que Abdul Haji no estaba entre ellos.

Se quedó un rato de pie en la terraza mirando a izquierda y derecha con la esperanza de ver al hombre. Hacia la izquierda, la vista estaba completamente despejada a lo largo del río. Habían recogido todo lo de la cena y el espectáculo de la noche anterior, y no podía ver más que césped verde y los magníficos árboles de copas anchas.

A la derecha, había más árboles y estaba la cabaña de la piscina. Cerca del río había dos carpas donde se ofrecían masajes de diferentes tipos. Si Abdul Haji estaba aún paseando, tenía que ser más allá de las carpas.

Cinco minutos después, Emily lo vio inclinado sobre la barandilla del embarcadero, aparentemente observando los remolinos de agua que se formaban en su camino hacia la catarata. Él la vio acercándose y se enderezó, fijándose en ella con lo que parecía una inquietante mirada hostil. Ella vaciló un poco en la orilla junto al embarcadero, dividida entre su necesidad por saber algo sobre Zageo y la sensación de ser claramente inoportuna.

Abdul Haji hizo un gesto de impaciencia frunciendo el ceño y dijo lacónicamente:

—No hay noticias. Debemos esperar.

Parecía que Abdul pensaba que ella sabía más de lo que realmente sabía. Con la esperanza de obtener alguna información, puntualizó:

—Zageo se fue al amanecer.

Abdul levantó sus manos en un signo de disgusto.

—Es una locura, esta aventura... —la miró con resentimiento— de volar por encima de las cabezas de los gobernantes de Zimbabue directamente a la granja. ¿Qué ocurrirá si su cuñado se empeña en no ver ninguna razón incluso si le enseña su pasaporte? Tanto riesgo para nada.

Aquello conmocionó a Emily y agarrotó su corazón. Zageo estaba poniendo su propia vida en peligro para mantener su palabra. Era demasiado. No se lo habría pedido nunca. ¡Nunca!

Conexiones diplomáticas... sobornos... acuerdos

secretos... grandes sumas de dinero... se había imaginado todas esas cosas, pero no un riesgo personal real. Sin embargo, el comentario sobre Malcolm sugería que el esposo de Hannah no había cooperado con el plan que se había puesto en marcha para ayudar a la familia. Y Emily se dio cuenta de que su propia actitud respecto al pago prácticamente había empujado a Zageo a arriesgarse para cumplir.

–Lo siento –soltó mientras su propia ansiedad por la seguridad de Zageo crecía–. No pretendía que llegara tan lejos.

Abdul descartó su influencia:

–Su Excelencia, el jeque, hace lo que quiere.

–Sí, por supuesto –coincidió ella, sin querer empezar a discutir sobre la supremacía masculina en ese momento–. Es solo que si no nos hubiéramos conocido...

–Es inútil ir en contra del destino.

Emily respiró profundamente tratando de serenarse.

–No me había dado cuenta de que Malcolm daría problemas.

–Un hombre no renuncia fácilmente a lo que es suyo. Eso lo comprendo. Pero Malcolm Coleman tiene que comprender que la pérdida es inevitable. No hay elección –dijo Abdul ferozmente–. Eso quedó muy claro anoche.

La reunión... el que Zageo fuera a su habitación después... para decidir qué debía hacer para cumplir con su parte del trato.

Emily se sintió mal.

–No debí pedirle que me ayudara.

Abdul frunció el ceño.

–¿Hizo una petición?

–Sí –confesó tristemente–. Después de recibir el

correo electrónico de mi hermana... cuando nos reuni-
mos para cenar juntos aquella noche.

–Ya había tomado la decisión para entonces –la
interrumpió Abdul, descartando con un gesto su influencia en la decisión.

–¿Qué quiere decir con que... ya la había tomado?

–Al volver al palacio después de visitar el Salamander Inn, Su Excelencia vino a verme y me dio
instrucciones para que hiciera algunas averiguaciones
preliminares sobre la forma de garantizar la seguridad
de su hermana y su familia –la informó Abdul.

–¿Antes de la cena? –inquirió Emily incrédula.

–Sí, al final de la tarde. Su Excelencia quería aliviar su angustia, señorita Ross. Seguro que se lo dijo
aquella noche.

Ni se le había ocurrido que Zageo pudiera preocu-
parse lo suficiente, cuando acababa de conocerla,
como para hacer nada respecto a su hermana que la
tranquilizara. ¡Y ella se había precipitado a hacer un
trato! No era de extrañar que él se enfadara tanto ante
la insinuación de que solo lo haría para acostarse con
ella.

–Sí, dijo que ayudaría –murmuró débilmente.

–Son tiempos difíciles en Zimbabue. Nuestras negociaciones han fracasado una y otra vez. Ha sido
muy frustrante –murmuró Abdul a cambio.

¡Y en la última noche en Kenia, ella había más o
menos acusado a Zageo de no hacer nada! Cómo se
había equivocado. Terriblemente.

Hecha trizas por aquellas revelaciones, Emily se
acercó tambaleando a un banco cercano y se sentó, ya
que sus piernas flaqueaban demasiado para mantenerse de pie.

–¿Se llevó mi pasaporte para identificarse como
un amigo a Hannah y Malcolm? –preguntó.

–Esperemos que sea suficiente –dijo frunciendo el ceño de nuevo–. ¿No lo sabía?

–Zageo dijo que tenía algo planeado para hoy, pero no precisó nada.

–Si todo va bien, tiene la intención de sacarlos volando.

–¿Sin... –ella tragó saliva– sin el permiso de las autoridades?

–Puede que hagan la vista gorda, pero no tengo razones para fiarme de esa gente –sonó un móvil–. Discúlpeme, señorita Ross –dijo sacando el pequeño aparato del bolsillo de su camisa y dando zancadas hacia el final del embarcadero para hablar en privado.

Emily esperó en silencio, esperando y temiendo noticias sobre la misión de rescate de Zageo. Abdul le estaba dando la espalda para que no pudiera ni escuchar lo que decía, ni ver su expresión. Su corazón saltó cuando se dio la vuelta, metiendo el teléfono de nuevo en su bolsillo.

–Nos vamos –gritó haciéndole señas, mientras volvía a zancadas hacia la orilla del río, para que se reuniera con él y ponerse en marcha.

A Emily le subió la adrenalina al ponerse en pie.

–¿Ir adónde?

–A la plataforma de aterrizaje. Su presencia es requerida allí.

–¿La plataforma de aterrizaje?

–Para el helicóptero –explicó con impaciencia, pensando probablemente que era un poco obtusa.

Emily había imaginado que Zageo había usado su avión privado, pero usar un helicóptero en aquellas circunstancias, desde luego, tenía más sentido. Permitía una entrada y salida más rápidas, siempre y cuando Malcolm y Hannah hubieran cooperado para abandonar las tierras.

Casi tenía que correr para mantener el paso de Abdul en dirección hacia el hotel.

–¿Entonces, Zageo está de camino al hotel? –pregunto sin aliento.

–Sí. Pero aún no está fuera de peligro. Está usando uno de los helicópteros que se usan normalmente para mostrar a los turistas las cataratas Victoria y sus alrededores. Tiene carta blanca para entrar en el espacio aéreo de Zimbabue, pero no tanto como ha hecho ahora.

¿Podía ser derribado a tiros?

Aunque no se atrevía a plantear esa pregunta, Emily sentía que debía preguntarlo:

–¿Mi hermana está... ?

–Están todos en el helicóptero –respondió él escuetamente–. Su presencia les tranquilizará, señorita Ross.

–¡Claro! –murmuró, pensando en la siniestra ironía de que ellos tampoco confiaban completamente en Zageo.

Un sentimiento de culpabilidad y vergüenza la invadió. No había atribuido a Zageo ni la compasión ni el tipo de integridad que iban más allá de lo esperado. No solo era un hombre de gran carácter, sino la persona más generosa que había conocido jamás. Si tuviera otra oportunidad, le demostraría un agradecimiento que iba más allá del dormitorio.

A la entrada del hotel les esperaban un microbús con un conductor para transportarles al helipuerto. Durante el trayecto de quince minutos desde el hotel, ni Abdul ni Emily hablaron. Una vez allí, el encargado de la base les recibió y les acompañó a través de la sala de espera, donde grupos de turistas esperaban para volar sobre los lugares turísticos de interés.

Tan pronto como salieron, dirigiéndose por un

sendero hacia la pista de aterrizaje, su acompañante señaló un punto negro en el cielo.

–Aquel es.

–¿Sin problemas? –preguntó Abdul.

El encargado de la base se encogió de hombros.

–Al menos no en el aire. Nuestro mejor piloto está al mando.

La limitada respuesta preocupó a Emily.

–¿Está herido alguno de los pasajeros?

–No que yo sepa. No ha habido ninguna llamada solicitando atención médica –fue la respuesta tranquilizadora.

Esperaron cerca del final del sendero, observando como el punto negro se hacía cada vez más grande. Emily sentía una mezcla de emoción y aprensión. Deseaba desesperadamente ver a su hermana y su familia sanos y salvos, pero ¿le agradecerían que hubiera interferido en sus vidas? Zageo había actuado en su nombre y, probablemente, había sido muy contundente con el propósito de mostrar que cumplió con su palabra. Solo podía esperar que aquel dramático rescate fuera lo correcto.

El aire levantado por las hélices del helicóptero pegó su ropa al cuerpo e hizo volar su pelo en desorden, pero Emily aguantó en su postura de cara al aterrizaje para que su hermana pudiera reconocerla inmediatamente. Podía verla en la cabina, justo detrás de Zageo, que estaba sentado junto al piloto.

Finalmente, el helicóptero se posó en el suelo. El encargado se adelantó para abrir la puerta y ayudar a los pasajeros a desembarcar. Zageo salió primero. Dirigió una ardiente mirada a Emily para grabar en su mente el mensaje ¡pago realizado! Después, se volvió para ayudar a salir a Hannah, la hermana que no había conseguido llegar a Zanzíbar, la hermana que había llevado a Emily inesperadamente a la vida de Zageo. Pero ¿querría que ella se quedara en su vida?

El día le había parecido extrañamente cargado a Emily. A la alegría de reunirse con su hermana y el alivio de que el rescate había sido muy oportuno según Malcolm, quien estaba enormemente agradecido por que su familia estuviera a salvo, se unía su incertidumbre sobre su relación con Zageo.

Zageo se había retirado una vez llegaron al hotel y fueron acomodados.

–Estoy seguro de que les gustaría compartir un tiempo juntos en privado –había dicho, y no organizó ninguna cita con Emily para pasar un tiempo a solas con él.

Naturalmente, en el momento en el que desapareció, Hannah se había abalanzado sobre Emily con un millón de preguntas sobre el jeque y su relación con tan insólita persona dado su habitual círculo de amigos.

¿Dónde se habían conocido? ¿Cuándo? ¿Qué relación tenían? ¿Por qué había hecho él tanto por ella? La peor fue «No te vendiste a él, ¿verdad Emily?», dicho en broma pero con una mirada de asombro en sus ojos.

Ella había negado la importancia diciendo:

–Zageo es simplemente generoso por naturaleza.

–Y está para morirse –Hannah puso sus ojos en blanco ante lo que asumía, merecidamente, era una relación sexual–. ¿Piensas seguir con él?

–Tanto como pueda –contestó Emily, profundamente consciente de que el tiempo que había pasado con Zageo podría haber llegado a su fin. Una amplia sonrisa otorgó su aprobación.

–¡Bien hecho! Imagino que no para siempre, pero desde luego es una experiencia... ¡estar con un verdadero jeque!

No para siempre... El comentario de su hermana no le había sonado bien. Después de dar las buenas noches a Hannah, Malcolm y sus preciosas hijitas, Emily caminó lentamente por el sendero a su habitación, reflexionando sobre cómo había creído que su matrimonio con Brian sería para siempre. Las palabras «hasta que la muerte os separe» pronunciadas durante la ceremonia, querían decir cincuenta o sesenta años, no unos cuantos efímeros años.

Era imposible conocer lo que les deparaba el futuro. Le parecía que había tantos factores aleatorios en la vida, que resultaba estúpido contar con que algo permanecería en su sitio por mucho tiempo. Con la tecnología, el mundo se había hecho más pequeño, el ritmo se había acelerado, y las fronteras eran menos imponentes. Incluso las brechas culturales no eran tan amplias. O quizás solo quería creerlo porque le dolía pensar que pudieran separarla de Zageo.

Quería más de él. Mucho más. A todos los niveles.

Una vez llegó al descansillo al que daban su habitación y la de Zageo, decidió llamar a su puerta con la esperanza de poder mantener una comunicación directa con él sobre los eventos del día. Su corazón se llenó de decepción cuando no hubo respuesta.

Trató de convencerse de que si había acudido a su habitación la noche anterior, lo haría de nuevo si quería. No tenía sentido ir en busca de él. No le había funcionado a Veronique, y Emily no tenía ninguna duda de que tampoco le funcionaría a ella. Cuando Zageo decidía que una relación se había acabado, se había acabado.

Al día siguiente, su avión privado iba a llevar a

Hannah, Malcolm y las niñas a Johannesburgo, desde donde tomarían un vuelo hacia Australia. Quizás él esperaba que ella se fuera con ellos. Con el deprimente pensamiento de que aquella podría ser la última noche cerca de Zageo, se volvió hacia su puerta, la abrió y entró en la habitación que sabía que iba a sentir más solitaria aún aquella noche... a no ser que él fuera.

Y no fue. Ya estaba allí. Cuando Emily atravesó el pequeño vestíbulo y entró en el dormitorio, Zageo entró desde el balcón en el que ella se había sentado a observar la cena de la noche anterior. Tenía ganas de correr hacia él y rodear su cuello con sus brazos y cubrirle la cara con besos de agradecimiento por su extraordinaria bondad con su familia. Habría sido lo más natural si todo hubiera sido natural entre ellos. Pero no lo era por el trato que ella había iniciado. Así que se quedó de pie, sin moverse, esperando escuchar su destino.

Él no se movió hacia ella tampoco. Sus brillantes ojos oscuros la miraban con una intensidad que hacía estragos con cada nervio de su cuerpo. Si aún sentía algún deseo por ella, estaba bien guardado.

–¿Está todo bien con tu hermana y su familia? –preguntó con un tono cortés.

–Gracias a ti, Zageo, todo lo bien que se puede después de una experiencia tan traumática en sus vidas –respondió tranquilamente.

–Al final no hubo otra alternativa que aceptarlo –afirmó de forma inequívoca–. Tu cuñado era un hombre marcado, Emily.

–Sí. Es lo que tengo entendido. Y aunque estaré eternamente agradecida por que fueras y los sacaras de allí, cuando hice el... el trato... contigo, no esperaba que pusieras tu propia vida en peligro, Zageo. Pensé... –hizo un gesto de impotencia por su decisión de

actuar por su cuenta– pensé que sería algo más impersonal.

Sus ojos brillaron desafiantes.

–¿Fue algo impersonal... la unión de tu cuerpo con
el mío?

–¡No! Yo...

–Entonces, ¿por qué ibas a esperar que hiciera menos que tú?

–No era mi intención... –se paró, respiró profundamente y, queriendo evitar por todos los medios discutir con él, simplemente dijo–: Tenía miedo por ti.

Él ladeó su cabeza pensativo.

–¿Te preocupaste por mi seguridad?

–¡Claro que sí!

–Como, sin duda, lo harías por cualquier persona
en peligro –concluyó él.

Borró de un golpe todo lo que había intentado
transmitirle. ¿Cómo podía construir puentes si Zageo
estaba empeñado en quebrarlos? Antes de que pudiera
mencionar algún argumento, Zageo habló con carácter definitivo.

–En cualquier caso, todo lo que acaba bien está
bien. No tienes que temer más, Emily.

Excepto perderle.

Él señaló el escritorio.

–Ahí está tu pasaporte. Ahora que nuestro trato ha
terminado, eres libre de ir donde quieras. Quizás a Johannesburgo con tu hermana mañana.

Ella soltó su angustia interior, pues necesitaba escuchar la verdad.

–¿No quieres que siga contigo?

Él respondió con una mirada de enojo.

–No vuelvas las tornas. Has estado repitiendo una
y otra vez que no te dejo elección –levantó un brazo
como si la liberara de toda esclavitud hacia él–. Ve

donde quieras. Te libero de todo sentimiento de obligación hacia mí.

Ella elevó sus propios brazos en súplica.

–Quiero estar contigo, Zageo. Donde quiera que estés.

Él la miró salvajemente.

–¿Mientras te convenga, Emily? ¿Para ver más de África y hacerlo al estilo que yo puedo proporcionar?

–No me importaría hacerlo con poquísimo dinero. Quiero más de ti, Zageo –gritó temerosa.

–¡Ah! Así que quieres más sexo –se burló–. Los placeres de la carne son tentadores, ¿no es así?

–Sí –le arrojó aprovechando aquel comentario burlón para rebatirle–. Eso fue lo que al principio te tentó a retenerme, y no me pareció que te cansaras de lo que te di anoche.

Sus ojos se estrecharon.

–La mayoría de hombres desean tener sexo antes de enfrentarse a una posible muerte.

Emily ardía de odio por la humillante minimización de lo que había compartido.

–¿Simplemente me utilizaste? ¿Es eso lo que me quieres decir, Zageo?

–¿A ti no te importa que te usen, Emily?

El mensaje estaba claro. Él detestaba que lo utilizara.

A pesar de que el ardor de sus mejillas resultaba penoso, no apartó su mirada de la de él, dispuesta a resolver los problemas entre ellos.

–Lo siento. El señor Haji me dijo esta mañana que pretendías ayudar a Hannah de todas formas. Créeme, ya me siento fatal por haber juzgado mal el tipo de persona que eres. Mi única excusa es que... pensé que el modo en que trataste a Veronique significaba que tratarme a mí de la misma manera no sería algo inusual para ti.

Él resopló burlón.

–Sabía lo que podía obtener con Veronique. Tú, mi querida Emily, no te ajustas a ningún patrón conocido por mí.

–Bueno, si yo te sorprendí, multiplica esa sorpresa por un millón más o menos, y puede que te aproximes a la enorme sorpresa que tú has sido para mí –replicó–. Estar en territorio extraño con un extraño...

–¡Sí! –sus ojos la recorrieron de arriba abajo–. ¡Un territorio extremadamente extraño con un extraño!

–Pero hemos encontrado mucho terreno común, ¿no? –apeló rápidamente–. Y podríamos disfrutar aún más de todo si siguiéramos juntos. Y no me refiero solo a la cama, así que si piensas que yo quiero acompañarte solo por el sexo...

Emily estaba tan tensa, que se quedó sin respiración. Se sentía tan profundamente turbada, que no podía pensar en qué más decir de todas formas.

–¿Debo entender que deseas acompañarme en este viaje sin miedos ni favores? –preguntó Zageo como si simplemente estuviera determinando la posición de Emily, sin revelar la suya.

Emily tragó saliva con dificultad y consiguió dar una respuesta.

–Me gustaría intentarlo.

–¿Ser compañeros y amantes?

–Sí.

–¿Sin más condiciones?

–Sin condiciones. Total libertad de elección.

«Deja que se marche esta mujer», se censuraba Zageo ferozmente. «Deja de hablar y perder el tiempo. ¡Deja que se vaya ahora!»

–Emily, la libertad de elección es un mito. No existe, ni en tu cultura ni en la mía. Estamos condicionados por las actitudes y valores de nuestra educación, y pensamos y actuamos en concordancia.

Sus preciosos ojos azules suplicaban por un aplazamiento del fallo final.

–Pero podemos aprender más el uno del otro, intentar entender de dónde venimos, estar dispuestos a hacer compromisos...

Ella aún podía arrastrarle, era una obsesión para él.

–No –dijo tajantemente. Su mente apenas era suya cuando estaba cerca de aquella mujer. Tenía que recuperar el control y tomar decisiones sensatas–. Lo que nos unió... se ha terminado, Emily.

Sus hombros se hundieron. Una expresión de angustia se pudo vislumbrar en su cara antes de bajar la cabeza derrotada.

–Así que esto es un adiós –dijo con una débil voz de desolación.

–Sí –dijo él firmemente, detestando verla así. Era una luchadora, era fuerte, resistente, ingeniosa. Le había desafiado hasta el límite y más allá. Superaría lo que estaba sintiendo en ese momento y seguiría adelante. Como él debía hacer.

Zageo dio unos pasos hacia delante, decidido a salir de la habitación y de su vida. Era mejor acabar con el poder que ejercía sobre él. Aunque no podía dejar de pensar en la amarga ironía de que se rindiera a su voluntad al final. No le agradaba. Le gustó incluso menos cuando, al pasar junto a ella, vio lágrimas resbalando por sus mejillas.

Unas lágrimas silenciosas. Tenía dignidad. Esa dignidad podía con él. Emily Ross no solo era una mujer deseable sexualmente. Era una mujer muy especial, única según su experiencia. Cuando se entregaba, lo daba todo.

Él alcanzó la puerta. No oyó nada tras él. No se movió nada tras él.

¿De verdad quería renunciar a lo que había descubierto en Emily? ¿Le hacía esa decisión dueño de su vida o menos hombre por no estar a la altura del reto de tenerla a su lado? Tragó una profunda bocanada de aire con el fin de que el oxígeno le ayudara a borrar aquellos febriles pensamientos que atacaban lo que le había parecido tan claro durante todo el día. Tenía su mano sobre el pomo de la puerta a punto de girarlo. Unos segundos más y estaría fuera. No habría vuelta atrás.

—Se me olvidaba darte las gracias —dijo a trompicones con voz ronca —. No por mi hermana y su familia. Por mí. Por todo lo que has hecho por mí. Gracias, Zageo.

La emoción de su voz estrujó el corazón de Zageo sin misericordia. El instinto se apoderó de su cerebro haciendo que sus piernas le llevaran hacia donde ella seguía con la cabeza agachada de desesperada resignación. Rodeó su cintura, le dio la vuelta, la agarró con fuerza con un brazo y tomó su barbilla con su mano.

—¡Mírame! —le ordenó.

Ella levantó sus asustados ojos humedecidos por las lágrimas hacia él.

—He decidido que nuestro viaje no debe acabar aquí. Seguiremos siendo compañeros y amantes si estás de acuerdo.

Ella lo miró con un destello de alivio y alegría. Puso los brazos alrededor de su cuello enganchándose fuertemente. La suave presión de sus abundantes pechos contra el suyo le recordó lo deliciosos que eran esos pechos, así como el resto de su cuerpo.

—Me parece bien —susurró en tono seductor, sin

dudar en entregarse a él, algo que a Zageo le agradó mucho en esa ocasión.

Él acercó sus labios a los de ella. El irresistible deseo de saborearlos eliminaba cualquier posibilidad de cambiar de opinión. Era un beso que merecía la pena. Emily Ross era una mujer que merecía la pena. Y la tendría sin importar a dónde conducía eso. Al menos hasta que esa pasión se hubiera agotado y él fuera libre de nuevo y recobrara el control sobre sí mismo.

Capítulo 9

«EL último hotel» pensó Emily mirando a través de las amplias ventanas de su habitación hacia los destellos de agua del muelle de Ciudad del Cabo. Su viaje por África había sido increíble, con tantas facetas diferentes desde la maravillosa fauna y flora hasta los avanzados viñedos. Pero había tocado a su fin. Una vez Zageo estuviera satisfecho de que todo iba bien en este hotel de lujo, la próxima parada sería Dubai.

Emily no sabía cómo iba a funcionar su relación en el país de procedencia de Zageo. Quizás decidiría que ella se instalara en París o Londres para evitar un choque cultural muy fuerte. A Emily no le importaba lo que él organizara mientras siguieran siendo amantes. La idea de no formar parte de su vida era insoportable.

–Veo que Veronique no lloró mucho nuestra ruptura –habló lentamente Zageo con ironía.

El nombre de su anterior amante hizo que Emily sintiera un breve escalofrío. Estaba pensando en París y ahora le recordaban que la modelo había estado con Zageo dos años. ¿Duraría su propia relación con Zageo lo mismo? Tras ella, oyó el crujido del periódico en inglés que él había estado leyendo mientras tomaba su café de después del desayuno.

–Según este artículo, está a punto de casarse con el industrial alemán, Claus Eisenberg. Será su tercera esposa, pero no puedo imaginar que Veronique esté buscando un amor duradero. Probablemente sean tal para cual.

Su tono burlón y una profunda sensación de vulnerabilidad sobre su futuro con él impulsaron a Emily a preguntar:

—¿Crees que el amor puede ser duradero, Zageo?

Esperaba una respuesta seria que le indicase hacia dónde se dirigían ellos.

—Sí —afirmó con firmeza—. Creo que sí puede serlo. Mi madre y mi padre aún siguen queriéndose mucho.

Aunque tal declaración no tenía nada que ver con ella, le levantó el ánimo y se dio la vuelta para sonreírle.

—Eso es muy bonito.

Él devolvió la sonrisa.

—Tenemos eso en común puesto que tus padres también están contentos con su matrimonio. Y hablando de ellos... —señaló el ordenador portátil que había comprado para ella— no has mirado tu correo electrónico esta mañana.

—Lo haré ahora.

Fue hasta el escritorio sobre el que había instalado el pequeño ordenador portátil para que ella se pudiera conectar a Internet. Mientras lo encendía y tecleaba su clave, pensaba que el hecho de que Zageo se asegurara de que pudiera estar en contacto con su familia a todas horas del día y la noche era otra muestra de su generosidad y preocupación por sus necesidades.

Ella no lo había pedido. No le había pedido a Zageo ninguna de las cosas que le había comprado. La había llevado a comprar ropa cada vez que consideraba que sus ropas no eran adecuadas, y Emily se había dicho a sí misma que en realidad le estaba dando el gusto a él, no aprovechándose de él. La ropa no se podía devolver, pero el ordenador podía cedérselo a Abdul Haji si Zageo decidía que se había agotado su tiempo juntos. Pero ella no era como Veronique. Había llegado a querer a Zageo con todo su corazón.

—Hay un mensaje de Hannah –dijo, queriendo compartirlo todo con él.

—¿Alguna novedad?

—Malcolm está contento de entrar en la industria azucarera gestionando los cultivos de caña de azúcar de papá. Jenny y Sally han empezado a ir a preescolar para acostumbrarse a estar con otros niños, y han hecho muchos amigos con los que jugar. Y Hannah... ¡oh, qué maravilloso! –dio unas palmadas de alegría y se dio la vuelta dedicándole una gran sonrisa a Zageo–. ¡Hannah está embarazada!

—¿Eso es bueno? –le preguntó con aire divertido.

—Quería ir a por el niño, pero Malcolm estaba preocupado de que estuviera embarazada mientras la situación en Zimbabue fuera tan inestable. Además, él insistía en que estaba feliz con sus niñas y que no necesitaba un niño.

—Todos los niños son bienvenidos –comentó Zageo.

—Sí, pero como nosotras somos dos hermanas, Hannah y yo siempre hemos tenido el antojo de familias mixtas. Espero que sea un niño esta vez.

—¿A ti no te importaría tener tres niños?

—En realidad creo que cuatro es el número perfecto. Dos de cada.

—Cuatro siempre ha sido un número muy significativo –meditó Zageo–. ¿Sabías que se repite a lo largo de todas las religiones del mundo?

—No, no lo sabía.

—Incluso en tu religión cristiana se repite una y otra vez. Cuarenta días y cuarenta noches en el desierto, los cuatro jinetes del Apocalipsis...

Según iba elaborando su teoría sobre los elementos comunes que sostenían aquello en lo que creían tantas personas en el mundo iba cautivando más y más a Emily. Zageo tenía mucha más cultura que ella y, a menudo, le explicaba fascinantes nuevas facetas de conocimiento. Emily no podía dejar de pensar que sería un padre maravilloso, y deseaba fervientemente poder ser la madre de sus hijos.

De repente dejó de teorizar y le sonrió con un sentimiento de cálida aprobación que produjo un hormigueo de placer en Emily.

–Hay un sitio que me gustaría enseñarte hoy. Arreglémonos una vez hayas respondido a Hannah. Y hazme el favor de enviarles mi enhorabuena a Malcolm y a ella.

–Lo haré.

Se volvió hacia el ordenador portátil encantada de poder escribir sus propias palabras de enhorabuena y las de Zageo, y deseosa por ir a donde él quisiera llevarla.

Cuando salieron del hotel, un magnífico Mercedes convertible amarillo con tapicería de cuero azul y negra estaba esperándolos.

–¡Vaya! –exclamó Emily con emoción mientras el portero los acompañaba hacia el coche–. ¿Es para nosotros?

Zageo se rio de su espontaneidad.

–Hace un día precioso, iremos a lo largo de la costa y pensé que debíamos usar un alegre coche descapotable para que el viaje fuera más estimulante –dijo.

–¡Qué gran idea! ¡Me encanta! –se entusiasmó Emily. Hacia tiempo que había renunciado a protestar por las extravagancias de Zageo. En los últimos tres meses, había aprendido que lo que le hacía gozar a él invariablemente le hacía gozar a ella, así que no tenía sentido discutirlo.

Fue, en verdad, un viaje estimulante recorrer la

costa hasta la punta más septentrional del cabo, que ofrecía una vista espectacular sobre el Cabo de Buena Esperanza. La península terminaba en un elevado acantilado que tenía en lo alto un faro. Era evidentemente un destino turístico. Unas escalinatas llevaban a lo alto del faro, y también había un funicular para aquellos que no querían subir por escaleras.

–¿Te gustaría montar en el funicular o andar? –preguntó Zageo.

–Andar –decidió Emily–. Podemos tardar lo que queramos disfrutando de las vistas desde todos los descansillos en el camino.

Él la agarró firmemente de la mano. A Emily le encantaba ese contacto físico con él. Sentía como si fuera más allá de ser sociable, como si él la reclamara en un sentido mucho más profundo. O quizás estaba interpretando lo que deseaba.

«Simplemente disfruta de tu tiempo con él» se dijo a sí misma, «y aprovecha al máximo cada día como es». ¿No había aprendido después de perder a Brian tan joven lo importante que era vivir el momento?

Aunque se entusiasmó con la espectacular vista de los acantilados y el océano, no pudo evitar comentar:

–Deberías visitar Australia, Zageo. Tiene la costa más estupenda del mundo. Justo al norte de Cairns tenemos la Playa de las Cuatro Millas de arena blanca. La Carretera del Gran Océano en Victoria, con sus fantásticas formaciones rocosas llamadas los Doce Apóstoles surgiendo del agua, son impresionantes. Sin mencionar...

Habló más de la cuenta animada por el cálido placer que transmitían los brillantes ojos de Zageo.

–Si tú quisieras mostrármelo, me encantaría ir –dijo después de que ella terminara su charla

Su corazón se llenó de gozo. Era una prueba clara de que él no veía fin a su relación en el futuro próximo.

El placer de Emily se había multiplicado a lo largo del día al confirmarse que la última parada en África no tenía ninguna relevancia en lo que a ella y Zageo se refería. Apenas podía evitar que sus pies subiendo volando los últimos peldaños de la escalinata del faro.

Caminaron al punto más saliente y ella se apoyó sobre el muro de seguridad de piedra, protegida de los demás turistas por Zageo que, de pie detrás de ella, rodeaba su cintura con sus brazos haciéndola sentir como si estuvieran en la cima del mundo.

—Aquí estamos en el Cabo de Buena Esperanza y estás viendo ante ti el punto en el que se encuentran dos enormes océanos, Emily —murmuró con su mejilla pegada al cabello de Emily, y provocando un ligero hormigueo en su oreja con su suave respiración.

—Debería de haber alguna señal de ello —comentó ella—. Como olas chocando en sentidos opuestos o diferentes colores de agua mezclándose.

—En su lugar, hay una unión armoniosa que no se rompe por tener procedencias diferentes. Así es como lo dispone la naturaleza. Son las personas las que crean líneas de demarcación.

Emily suspiró ante aquella verdad. ¿Por qué no podía la humanidad reconocer su naturaleza común en lugar de dividirse en grupos hostiles?

—¿Eres los suficientemente valiente como para unir tu vida a la mía, Emily?

Su corazón dio un salto. Su mente se preguntaba frenética qué había querido decir. ¿No había unido ya su vida a la de él?

—Tengo el suficiente valor para hacer lo que sea contigo, Zageo —respondió nerviosa. Tenía el terrible presentimiento de que algo crítico estaba a punto de ocurrir.

Zageo apretó sus brazos alrededor de ella pegando

su cuerpo al suyo. Besó el lóbulo de su oreja y susurró:

—A pesar de las diferencias que han marcado nuestras vidas, tenemos esa unión natural, Emily. Así que te pregunto... ¿quieres casarte conmigo y ser la madre de mis hijos? ¿Quedarte a mi lado sin importar lo que nos depare el futuro? Quedarte a mi lado como lo estamos ahora.

La sorpresa que le causó oír una propuesta que nunca se había esperado le quitó el aliento a Emily. Se giró sin soltarse de su abrazo y rodeó su cuello con los brazos. Su valor y determinación se alimentaron del amor y deseo que había en los ojos de Zageo.

—Sí, puedo hacerlo, Zageo –dijo con total seguridad–. Lo haré –le prometió–. Te quiero con toda mi alma.

El jeque Zageo bin Sultan Al Farrahn miró a los brillantes ojos azules de la mujer que había hecho imposible que eligiera a otra persona para compartir su vida. Recordó cómo había decidido de forma arrogante que iba a ponerla en su sitio, sin darse cuenta en aquel momento de que su sitio estaría junto a él. Él había decidido buscar una esposa apropiada, y había encontrado en Emily Ross a la mujer perfecta.

Levantó una mano para acariciar su mejilla tiernamente, queriendo transmitirle lo preciada que era para él.

—Yo también te quiero con toda mi alma –replicó, apreciando sus palabras y repitiéndolas porque transmitían una verdad que siempre debería ser dicha y reconocida entre ellos.

Un amor duradero...

Un amor que ninguna fuerza podría destruir.

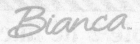

Compartir la misma habitación resultaba una dulce tortura...

El experto en operaciones especiales Trig Sinclair era un hombre de honor y conocía la regla número uno del código de amistad. Por muy atraído que se sintiera hacia Lena West, la hermana pequeña de su mejor amigo, debía mantenerse alejado de ella.

Pero, después de sufrir un accidente en Estambul, Lena perdió la memoria y creyó que estaba casada con Trig. Fue muy difícil enfrentarse a ella después de que descubriera lo que su supuesto marido había estado ocultándole...

Pasión en Estambul

Kelly Hunter

Acepte 2 de nuestras mejores novelas de amor GRATIS

¡Y reciba un regalo sorpresa!

Oferta especial de tiempo limitado

Rellene el cupón y envíelo a
Harlequin Reader Service®
3010 Walden Ave.
P.O. Box 1867
Buffalo, N.Y. 14240-1867

¡Sí! Por favor, envíenme 2 novelas de amor de Harlequin (1 Bianca® y 1 Deseo®) gratis, más el regalo sorpresa. Luego remítanme 4 novelas nuevas todos los meses, las cuales recibiré mucho antes de que aparezcan en librerías, y factúrenme al bajo precio de $3,24 cada una, más $0,25 por envío e impuesto de ventas, si corresponde*. Este es el precio total, y es un ahorro de casi el 20% sobre el precio de portada. !Una oferta excelente! Entiendo que el hecho de aceptar estos libros y el regalo no me obliga en forma alguna a la compra de libros adicionales. Y también que puedo devolver cualquier envío y cancelar en cualquier momento. Aún si decido no comprar ningún otro libro de Harlequin, los 2 libros gratis y el regalo sorpresa son míos para siempre.

416 LBN DU7N

Nombre y apellido	(Por favor, letra de molde)
Dirección	Apartamento No.
Ciudad	Estado	Zona postal

Esta oferta se limita a un pedido por hogar y no está disponible para los subscriptores actuales de Deseo® y Bianca®.
*Los términos y precios quedan sujetos a cambios sin aviso previo.
Impuestos de ventas aplican en N.Y.

SPN-03

©2003 Harlequin Enterprises Limited